U0829438

MR. C 后窗文库

院长选举

[日本] 久坂部羊 著

いんちょうせんきょ

杜海清 译

译林出版社

图书在版编目（CIP）数据

院长选举 ／（日）久坂部羊著；杜海清译．
— 南京：译林出版社，2021.6
（后窗文库）
ISBN 978-7-5447-8491-7

I.①院… II.①久… ②杜… III.①长篇小说 - 日本 - 现代 IV.①I313.45

中国版本图书馆 CIP 数据核字（2020）第 226930 号

INCHO SENKYO by Yo Kusakabe
Copyright © Yo Kusakabe 2017
Original Japanese edition published by Gentosha Publishing Inc.
This Simplified Chinese edition is published by arrangement with Gentosha Publishing Inc., Tokyo in care of Tuttle-Mori Agency, Inc., Tokyo through Future View Technology Ltd., Taipei City.
Simplified Chinese edition copyright © 2021 by Yilin Press, Ltd
All rights reserved.

著作权合同登记号　图字：10-2019-257 号

院长选举　［日本］久坂部羊／著　杜海清／译

责任编辑　祖朝志
装帧设计　任凌云
校　　对　戴小娥
责任印制　单　莉

原文出版　幻冬舍
出版发行　译林出版社
地　　址　南京市湖南路 1 号 A 楼
邮　　箱　yilin@yilin.com
网　　址　www.yilin.com
市场热线　025-86633278
排　　版　南京展望文化发展有限公司
印　　刷　江苏凤凰通达印刷有限公司
开　　本　880 毫米 × 1230 毫米　1/32
印　　张　10
版　　次　2021 年 6 月第 1 版
印　　次　2021 年 6 月第 1 次印刷
书　　号　ISBN 978-7-5447-8491-7
定　　价　68.00 元

版权所有 · 侵权必究

译林版图书若有印装错误可向出版社调换。质量热线：025-83658316

微信扫码收听

男女双声配乐朗读

《院长选举》

目录

主要出场人物

吉泽飞鸟	自由作家
保利博	延明出版社图书出版局部长
乡田雄二郎	警视厅搜查一课刑警
林孝义	警视厅搜查一课刑警
宇津津利佐子	宇津津觉遗孀

（天都大学医学部附属医院）

宇津津觉（已故）	急救部教授，医院院长
德富恭一	循环内科教授，副院长
梦野豪介	麻醉科教授，医学部长
大小路笃郎	消化外科教授，副院长
百目鬼洋右	眼科教授，副院长
鸭下彻	整形外科教授，副院长
花田寿美代	脑外科教授
小坂井慎	急救部副教授

针野飞雄	心脏外科教授
灰野世和贵	呼吸外科教授
香澄清	泌尿科教授
鬼怒川岩	儿科教授
本间达男	妇产科教授
耳成功市	耳鼻喉科教授
羽田野毅	皮肤科教授
间户博士	精神科教授
伊调勘藏	消化内科教授
蓬莱玉代	护理部长
内川京美	护理部副部长
下边保	事务部长
服佐容太郎	药剂部长
远井道纪	技师部长
连藤源	放射科教授
牌胜良子	呼吸内科教授
茅野素子	血液内科教授
伊丹喜多郎	神经内科教授

第一章

传说中的教授室

1

《医疗危机的拯救者》。

这是吉泽飞鸟起草的创作企划书标题。

接受这份企划书的是延明出版社图书出版局。部长保利博与飞鸟很熟，过去经常约她出书。

“医疗危机这个话题还有人关注吗？以前报纸电视上倒是常常提起，可最近好像不怎么热了。”

“那只是社会舆论上的退烧而已。在医疗现场，病人被当作皮球踢来踢去，医院医生人手不足等诸如此类的问题，几乎没有得到什么解决。”飞鸟毫不松口地说。

见飞鸟并不认同，保利推了推眼镜，继续阅读企划书。慢慢地，他似乎也被激起了兴趣，频频点起头来。

“作为医疗危机的拯救者，你是打算把注意力放在天大医院上？嗯，这个主意不错，也许能挖掘出点有意思的东西来。这家医院最近好像正忙着院长选举。”

“是的。”

“真是这样的话，该是有好戏看了。”

天都大学医学部附属医院简称“天大医院”，据说比东大医院还厉害，是国立大学附属医院里的翘楚。而就在日前，媒体报道了天大医院的领军人物，曾经频频敲响日本医疗危机警钟的宇津津觉院长突然因心律失常猝死的消息。但是，这仅仅是公开的说法，背后人们议论纷纷，有的说是自杀，有的说是遭遇意外，甚至还有人说是被谋杀的。

从媒体报道的照片上看，宇津津先生一头白发，戴黑框眼镜，看上去就是一副老派医生模样。在人们的印象中，他思维敏捷，敦厚朴实，是位德高望重的院长。可惜这位急救医疗的开创者年仅61岁就猝然离世了。

飞鸟调查后获知，针对日本面临的医疗危机，宇津津提出，天大医院要敢为人先，率先进行体制改革，这样他就有可能成为当下体制既得利益者的眼中钉。

医师的世界非常特殊，而大学医院的人际关系更是错综复杂，《白色巨塔》（一部日本医疗小说）早就称之为“伏魔殿”。表面上，医生们以权威自居，言谈举止中处处透出专家范儿；而其作为普通人的一面，却很少为常人所知晓。围绕医疗危机，将天大医院鲜为人知的内幕付诸笔端，也许就能勾勒出一幅反映日本医疗现状的缩略图。想到这里，飞鸟不由得跃跃欲试起来。

“这次创作我非干出点名堂来不可！”

“那当然。你也30岁了！作为一名从事非虚构创作的作家来说，这个年龄一下暴得大名也不奇怪。我会支持你的！”

怎么说起年龄来了？飞鸟心里嘀咕着，但还是表达了谢意，决定回去后即着手制订采访计划。

2

飞鸟将第一位采访对象定为循环内科的德富恭一教授。

58岁的德富是天大医院的四位副院长之一，也是新一届院长的热门人选。他擅长心力衰竭治疗，经检索医学数据库“Medipedia”，德富最大的业绩是“解析了心肌内质网中环一磷酸腺苷依存性的钙离子/信号的增强机制”。一连串拗口的术语，飞鸟全然不知说的是什么，但有一点可以肯定，这一定是一项对心脏病治疗十分有用的研究。

飞鸟还在网上搜索了德富的照片，出乎她的意料，呈现在眼前的是一张和蔼的笑脸。嘴唇上边留着稀疏的胡须，露出牙齿的嘴犹如横过来的一弯新月，嘴角让飞鸟联想起《爱丽丝漫游奇境记》中的柴郡猫，就是那只躲在树上咧嘴傻笑的虎皮猫。网上大多是德富做学术演讲时被抓拍的快照，一律都是这种柴郡猫式的笑容。

飞鸟通过天大医院的事务部，传去了采访提纲，竟然很顺利地得到了应允。

采访当天，飞鸟特地先找到保利，将约见德富的经过告诉了他。

“这倒是个最合适的采访对象。不知你把约见地点定在哪儿，是德富先生的教授室吗？太好了。有传言说，他的办公室有个外号叫‘传说中的教授室’。”

“什么意思？”

“嗯，我也不清楚。你这次正好去了解一下。”

带着半是好奇半是忐忑的心情，飞鸟开始了她的采访之旅。

3

天都大学医学部附属医院高耸的大楼设计超前，给外人带来一种威严感，教授们都集中在后面的一栋医学研究楼里。

飞鸟乘电梯来到循环内科医局（日本的医局多指以医学部教授为中心的教研组，或以大学附属医院诊疗单位为核心的医师集体）所在的六楼。走在微暗的走廊里，清冷的空气中可以嗅到阵阵药品的气味，这里是外人绝少涉足的医学研究者的“象牙塔”。

教授室在走廊的尽头，外间有秘书接待。

“你好。我是预约采访德富先生的吉泽飞鸟。”

“请稍等。”见有人招呼，女秘书面无表情地应了一声，然后像是发送摩尔斯电码般按着对讲机上的按钮。

“预约采访的吉泽小姐来了。”

“请她进来。”

教授室给飞鸟的第一印象，是整洁得让人心里发毛。房间里没有一样多余的物品，四角都打扫得干干净净。

“欢迎你！请那边坐。”

德富指了指沙发，脸上堆起与网上的照片一模一样的柴郡猫式的笑容。他身穿白大褂，比想象中的要瘦削。

“谢谢您百忙中接受我的采访。为保险起见，我的采访能不能录音？”

“当然可以。”

飞鸟拿出IC录音机，随意放在桌子上。德富对着录音机凝视了约有两秒钟，然后慢慢伸出手调整了大概三毫米的位置。飞鸟正疑惑是不是哪里做得不对，就听见德富指着录音机和桌子的边角线说：“这样是不是更好一点？”原来，他是对录音机放置的角度有点偏斜感觉不爽。这样看来，德富有着严重的洁癖症。

记下这一点后，飞鸟便想着得先从能引起对方愉快的话题打开话匣子。

“这房间真干净，整洁得令人心情舒畅。”

“是吗？”

看来这个话题没有引起他的不快，飞鸟决定索性早些弄清从保利那里听来的传言是不是真的。

“先生超一流的办公室果真不同凡响。听说有人将这里说成‘传说中的教授室’呢。”

“哈哈，确实有这种传言。”

“恕我准备不周，人们这么说有什么根据吗？”

“我想是因为这个房间给一代又一代的教授带来了无穷灵感，我的那个关于‘鱼尼丁受体’思维定式的灵感就是在这里获得的。所谓‘鱼尼丁受体’，是指心肌内质网膜上的钙通道……”

这个话题过于专业了，飞鸟装出一副恭敬钦佩的模样，却并没有听进去。她瞅准停顿间隙，将话题拉了回来。

“这样的清静环境能让先生集中精力专注于自己的科研。”

“不，其实我更得益于那个‘宇宙之心’。”

顺着德富的手指，飞鸟回头看见墙角放着个类似鱼缸的曲线状容器。超现实感的玻璃缸中漂浮着一块形状不定的物体，拳头般大小，像松软的蕨菜糕，不时折射出鲜艳的粉红色或翡翠色，在水中有节奏地颤动着。

“这是用宇宙化的手法来象征心脏的律动。有没有看出它收缩和扩张的节律是一致的？”

“真厉害！跟这个房间的氛围很协调。”飞鸟恭维道，随即转变话题，“近十年来日本的医疗危机正变得日益严峻，今天我想请先生谈谈对此局面的看法……”

4

德富似乎有点措手不及，但他很快用自命不凡的口吻说道："你为写作医疗危机寻找素材，首先找我采访，真是来对了。"

"为什么这么说呢？"

"因为在医学界，以心脏为主要研究对象的循环内科是最重要的医科。"

"哦？"

见飞鸟露出疑惑不解的神情，德富收起招牌式的柴郡猫笑容，用严肃的口吻说："你好像对我们医学界的情况不怎么了解。我要先确认一下，你可知道，在我们医学部，各种科是有大科和小科之分的？"

"不清楚。"

"大科是内科、外科、儿科、妇产科；小科呢，就是除了这些科以外的各科，比如眼科、耳鼻喉科等。"

见对方还是一脸懵懂的样子，德富用力清了清嗓子，进一步解释。

“大科和小科的区别本来是由国家说了算的。现在制度变了，但我们那个时候，医师的国家考试就是这么区分的。”

“怎么理解？”

“医学的范围大，所以医师资格考试有每年皆有的必考科目和各年不同的选考科目。”

“也就是说，每年考试的科目是不一样的？”

“对。必考科目就是刚才说的四大科再加上公共卫生，一共五个科目。选考科目呢，内科系是皮肤科、麻醉科、放射科和精神科，外科系则是整形外科、泌尿科、眼科和耳鼻喉科。选考科目中，每年内科和外科都是各选择两个科目。我那个时候，内科考的是麻醉科和放射科，外科考的是泌尿科和整形外科。”

“那就是说，和先生同一年毕业的医生都没有考过皮肤科和眼科？”

“耳鼻喉科和精神科也没考。所以，我们不用为了应付国家考试而去用功。也就是说，按照国家的想法，那些小科即使不去学习也没关系。”

飞鸟还是不明白，总觉得一个医生应该什么都懂。

“即使在大科中，不同的科也有轻重之分，这从出题的数量就可看出。比如临床方面的考题，给出病人的症状，你如何检查、做出诊断的问题，内科是20道题，外科是15道题，妇产科和儿科是各10道题。光从这点来看，就可知道内科在大科中是最厉害的。”

“看来还真是这样……”虽然无法认同，但飞鸟还是点了点头。

“而内科里边，不同的科仍然有轻重之分。”德富意犹未尽地继续说道，“从前是将内科分为第一内科和第二内科；现在呢，则是按脏器来区分，比如循环内科、呼吸内科、消化内科、神经内科、肾内科等，这种序列是自动生成的，也就是……”

就在这时，办公桌上的对讲机“哔”地响了一下。德富扭头瞥了一眼，并没有去接听的意思。

“不接要紧吗？”飞鸟担心地问。

“是医局的普通医生，不用管。”德富说，又继续他的话题，“也就是我们说的‘脏器等级制’。”

“脏器等级制？”这个说法倒是第一次听说。

“稍微动动脑筋就能想明白，对维持生命越重要的脏器，地位就越高。人最重要的脏器是什么呢？当然是心脏了。只有心脏才是生命活动的根源。也许有人把大脑看作第一，但脑死亡并不是真正的死亡，只要使用呼吸机，心脏还能持续跳动。只要脑干活着，即使大脑死了，人还能以植物状态继续生存。但是，如果心脏停止了跳动，人即刻就死了，对不对？”德富充满自信地说。

飞鸟再次忙不迭地点了点头。

“从人工干预呼吸的角度来看，现在或许已有重视肺的趋势。但是，肺和心脏不一样，它无法自主工作，只能借助横膈膜和呼吸肌被动地吸入空气。从缺乏自律性这一点上来说，肺明显不如心脏。别的不说，单就肺有左右两叶而言，就远远不及唯一绝对的心脏。同样的情形也可见于肾脏，失去其中一个并不致命。”

德富说来说去，就是想说明，心脏具有至高无上的地位。

“那肝脏呢？”飞鸟故意用带点儿认同的口气问道。

她料想对方必定还会说出一些佐证自己观点的理由来。果然，德富不慌不忙地点点头，“肝脏确实是重要的脏器，功能不全会危及生命。但它和肾脏一样，在紧急性方面，还是不能和心脏比。肝功能不全可以用血浆交换疗法，肾功能不全可以用人工透析的办法维持生命，但这两者都需要心脏输出血液才能起作用，从这个意义上来说，肝脏和肾脏都从属于心脏。”

“有道理。”

“接着就要说到胃、肠、胆囊、胰腺、脾脏等，这类脏器部分甚至整个切除，也不会危及生命。它们的重要性是无法和心脏来比较的，这也正是消化内科的地位比较低的缘故。还有所谓的血液内科，但是血液是依靠心脏的作用送往全身的，没有心脏，也就等于零。再说内分泌科，其所涉及的激素什么的，只能算是生命活动的调味品而已。基于这一系列的事实，我们完全可以肯定，涉及心脏的循环内科，才是处于一切科目的顶峰。”

德富一口气说完后喘着粗气，那神情像是在询问，看看，我说的对不对？

飞鸟毕恭毕敬地听着，内心虽不以为然，但表面上还是装出认可的样子。“您说的确实有道理，只是，我这话一说出来大概会惹您生气——并不是只有循环内科才涉及心脏吧！”

“你是说还有个心脏外科？太可笑了！”德富一脸鄙夷地

转过头，“说起那些家伙干的事……”

桌上的对讲机又响了，是长长的一声“哔”。

“对不起。”德富站起身，冲对讲机问道，“是谁来了？”

“上野先生为论文的事找您。”

“告诉他我这边有客人。”

飞鸟赶紧说道：“我这边耽搁点时间没关系。”

“没事，刚才那人只是个讲师。”

看来，这铃声能分出来人的不同档次。

德富有点生气的样子，又坐回沙发上，“刚才说到哪里了？哦，心脏外科。”他抢口道，“不单是心脏外科，那些外科的家伙做的什么手术，说明白点，就是让病人遭受重创的野蛮行为。要是没有医师执照，那是伤害罪，再走错一步的话，就是伤害致死罪。开刀还有出血和感染的危险，谁知道到底是延长还是缩短病人的生命？总之，长出了坏东西就切掉，这是最原始的想法，哪有半点理智的东西？那些家伙碰触纤细柔软的心脏，是超越了本分，就好比是让大猩猩摸绣花针。”

飞鸟听了沉吟片刻，然后顺着德富的意思说：“确实，现在已有导管疗法，循环内科可以替代心脏外科的各种治疗了。”

“是啊。你事先了解得很透彻嘛！”德富脸上重又堆起柴郡猫式的笑容，“随着导管治疗的进步，循环内科管辖的范围也大大扩大了，不管是冠状动脉疾病还是心脏瓣膜病，只要从血管通一根细细的管子就能治疗；治疗时间短，而且安全，病人的痛苦也少。用不了多长时间，心脏外科就会慢慢出局，哈哈哈……”

见德富毫无顾忌地狂笑，飞鸟便半开玩笑地问道：“听起来，先生很厌恶外科？”

“那还用说！”

没想到半开玩笑的询问得到的是正经的回答。

“老实说，我甚至对那些外科的家伙顶着医生的名头都感觉恶心。他们用的工具，不管是小刀也好剪刀也罢，都是凶器，即使被国家《枪刀法》管制也不奇怪。消化外科医生干的是和鱼店伙计一样的活；整形外科医生用的是凿子和锤子，简直就是木匠；脑外科医生开颅用的是电锯、电钻，怎么想都不该是医生做的事。早先的欧洲，说起医生，就是指内科医生，外科医生是兼做剃头活的，因为要用剃刀。立在理发店门口圆形灯箱上的红条子和蓝条子，指的就是动脉和静脉，这个说法你应该知道吧？”

“嗯，白条子代表绷带。”

“在德国，说‘去理个发’，意思就是玩女人，是嫖娼的隐语。理发的地方是理发店，理发师兼做外科医生；外科医生少不了护士，过去护士兼做皮肉生意。你看，所谓的外科，竟是如此不堪。”

德富的口气充满了歧视，简直难以为外人道。对于内科和外科的对立，飞鸟事先已有预料，没想到在德富这里竟然到了势不两立的地步。想到后面的事，飞鸟心里不免有些焦虑，最为要紧的医疗危机方面的信息尚一无所获。正在她想着该如何抓紧采访时，桌上的对讲机第三次响了起来。

5

“哔、哔、哔。”

这次来的又是什么人呢？只见德富猛地从沙发上弹起，飞身扑向对讲机。

“已经来了？”

“嗯，刚离开医院的总台，穿过前厅过来。”

“糟糕！老样子，快给我准备起来！”

“明白！”

两人说话的口气很急迫，像是有重要的客人要来。就在飞鸟不知所措的时候，秘书匆匆走了进来，径直来到办公桌后面的一扇门前。德富像是要应对什么紧急事态似的对飞鸟说：“你也帮我一下！”

“是有哪位贵客要上门？”

“嗯，我的前任新岛丈二教授，现在是国立心脏病研究中心的名誉顾问。”

德富拉开桌子抽屉，拿出钥匙，高喊一声：“快跟我来！”

门开了，里面是一个储物间，堆满了各种看不真切的物品。

“把这些东西全摆放出来，速度要快!”

首先映入眼帘的是一尊和真人一般大小的木制人偶。人偶是“二头身”(卡通画中常见的人物，头长是身子的二分之一)，脸特别长，涂了白漆的脸上有刺青样的家徽图案。周身羽毛饰边，突出的眼珠上镶嵌着贝壳，鼻子下面是野猪的牙齿。人偶双手捧腹，下身围着短蓑衣，巨大的阳物从缝隙里探出头来。

“这是什么?”

“新几内亚的魔神像，新岛先生的灵感源泉。来，快帮忙把它抬出来。”

秘书蹲下身子，等着接住魔神的右臂，飞鸟则手忙脚乱地扶着魔神的左手。分量不轻。两人合力将魔神抬出了储物间。

“放那边。对，放‘宇宙之心’前面。”

“这是‘灵感源泉’?”飞鸟一边放下魔神像一边问。

“是啊。新岛先生发现‘冠状动脉粥样斑块非稳定化因子’和‘新蝶呤’的灵感，就是在他和魔神像对话的过程中生发的。”

见飞鸟一脸疑惑的样子，德富急不可耐地解释起来。

“坐在桌前冥思苦想并不会产生科研的灵感。卓越的创造灵感都是在意想不到的状况下喷涌而出的，比如在厕所排便时用力的一瞬间，眼见公交车要开走而飞奔追赶的时候。与魔神像的对话也是一样。其他能成为‘灵感源泉’的情形还有很多很多。不多说了，我们得赶快布置，新岛先生马上就要到了。”

在德富的催促下，飞鸟跟着女秘书重又返回储物间。她的脚触碰到两只很大的海龟。见女秘书轻轻地将海龟捧起，飞鸟开始还以为是个标本，但转瞬便发出一声惊叫。

“怎么了？”

“这海龟怎么有两个头！”

“这是单体双头龟，又叫坐骨联胎、剑突联胎。新岛先生的前任大隈伸成教授受到天启，找到抑制心肌重塑的机制，就是在无意中摩挲这‘神圣海龟’的甲壳时激发灵感的。”

“这个抑制心肌重塑对什么病的治疗有用？”

“傻瓜！大隈先生的贡献在于研究，对治疗没什么用。”

见飞鸟再次露出疑惑的神色，德富咂了下嘴解释起来。

“学问至上主义懂不懂？大学重视的是研究，所谓治疗，不过是等而下之的事！”

这是在开玩笑吗？飞鸟一下子还是无法领会。这时，身后传来了女秘书的说话声：“帮个忙，把福泽先生的《诸佛菩萨图》请出来。”

飞鸟再次走进储物间，从里边扯出一幅旧地毯般的绘图。绘图中间端坐着体态丰满的千手观音，四周围着八尊观音菩萨，外周是一圈由抽象化的花草树木组成的几何形花纹。这图光是看一眼，就像是被带进了极乐净土世界。

“发什么呆啊，快挂起来！”德富着急地说。

飞鸟连忙和女秘书合力提起有两三个平方米大小的《诸佛菩萨图》，挂在了新几内亚魔神像的对面。

“这个也是‘灵感源泉’？”

“是啊。大隈先生的前任福泽雄吉教授开创通过向肺动脉注入凉水推算心输出量的新法令人钦佩，而为他带来这一灵感的，就是这幅西藏密宗噶举派的《两界曼陀罗图》。”

“噢……”飞鸟好像明白是怎么回事了。

“快，别磨磨蹭蹭了，还有很多东西要拿出来——婆罗洲的霸王花干花、与维也纳病理解剖学博物馆藏品一模一样的解剖模型蜡像、阿拉伯半岛贝都因人的骆驼装饰鞍、海地伏都教仪式上使用的带咒文的头盖骨、平安时代后期的螺钿紫檀琵琶……储物间里的东西都要拿出来摆放。”

于是，女秘书将枝繁叶茂的观叶植物、断弦的小提琴、老旧的电风扇、加湿器、衣架、画着一双大眼睛的眼科医生旧招牌等一一搬了出来。

“原本放得好好的，为什么都要翻出来？”

“没办法，不然新岛先生会生气的。还要尽量放置得乱一点。”

依照德富的吩咐，飞鸟把女秘书拿出的东西摆放在墙边和办公桌的四周。渐渐地，房间变得凌乱起来。

“行了，你回外间去吧！”德富对女秘书说，然后又指示飞鸟，“你到魔神像对面的墙角站着。”

女秘书刚离开，对讲机的蜂鸣器就响了。

6

“新岛先生来了！”

“请！”

女秘书推开门，一位看上去年近七旬的白发男子手里提着一根斯迪克拐杖，大大咧咧地走了进来。老人的鼻梁上架着带链眼镜，颈下是蝴蝶领结，胸前挂着好几串用土耳其石、珊瑚石穿起的项链，所有的手指都戴着硕大的戒指，两个手腕套着念珠和金属手链，另一只手里拿着十分惹眼的印花真皮钱包。

“嗬！德富君，你看着气色不错嘛！”

“还行还行！新岛先生，欢迎光临！”德富谦恭地搓着手迎候道，嘴角露出了他的招牌笑容。

“谢谢！我来也没什么特别的事，只是因为常常怀念这间办公室。”

新岛在刚才飞鸟坐过的沙发上坐下，环顾四周，“我说啊，这房间还是收拾得太干净了！”

飞鸟简直怀疑起自己的耳朵来。只见新岛用拐杖一边东指指西指指，一边说：“沙发的周围和桌子的左边怎么空荡荡的呢？在这样的房间是很适宜思考的，你不仅要善待先辈留下的东西，还要不断增添自己的物品，不然你的灵感就会枯竭。”

“对不起！”

“我从塞皮克带回来的魔神像还在吧？”

“当然！在那边供着呢。”说着，德富毕恭毕敬地对着新几内亚魔神像鞠了一躬。

新岛突然发现了飞鸟，飞快地站起身，拄着拐杖像是要冲过去。

“这是你弄来的新式机器人？不错啊！”

“不，老师，那是……”

“啊！”飞鸟感觉自己脸上被摸了一把，忙往后退了一步。

“哎呀，是个大活人！我没看出来，哈哈哈！”

飞鸟瞪了新岛一眼，心想，这个老头肯定是故意的，对他可得小心了。

德富连忙解释道：“我刚才正在接受这位小姐的采访，是有关医疗危机方面的话题。”

“什么？医疗危机？这可是个重大课题。”

新岛口中说着，脸却朝飞鸟凑了过去。

“您要干什么……”飞鸟哆嗦着声音问道。

新岛从上衣口袋慢慢掏出听诊器，动作熟练地将耳塞塞入耳中，听诊头贴在飞鸟的胸口上。飞鸟被逼到墙根，直至无路可退，动弹不得。

新岛熟稔地拿着听诊头在飞鸟的胸口滑来滑去，凝神细听。过了一会儿，他像已获得天启的巫师般口气坚定地说："脉搏82，心率正常，无瓣狭窄，无回流，一次输出量90毫升，心脏循环状况很好。"

"新岛先生厉害！"

"这是干什么？"目瞪口呆的飞鸟问一旁的德富。

"新岛先生为你检查了心脏功能。先生厉害就厉害在他只用一个听诊器就能检查出你的心脏循环功能好不好。"

新岛又凑近飞鸟一点，翕动鼻翼，将听诊头滑向飞鸟的敏感部位，忽地翻转手背。

"啊！"飞鸟红着脸忙叉起双臂挡在胸前。

"德富君，我得走了。今天给你添麻烦了，过几天我再来。"新岛说。

"期待您再次光临。"

"对了，"新岛突然站住脚，像是想起了什么，"院长宇津津君真是可怜！听说他突然去世，实在太意外了！最近就要举行院长选举吧？你可是四位副院长中声望最高的啊！"

"嗯。"

"在这次院长选举中千万别发生有损我们以传统为荣的循环内科名誉的事啊！"

"那当然。"

"拜托了！"

德富低首哈腰，鞠着45度的躬为新岛送行。新岛手里转着拐杖，哼着小曲走了。

7

见新岛的身影从外间消失后，德富才哭丧着脸抬起头来。

“哼，这个老色鬼！”德富冲房门方向瞪了一眼，脸红得像熟透的柿子，然后像是才想起似的对飞鸟说，“哎呀，给你带来麻烦，真是对不起！”

“没事，只是受了点惊吓，不过也获得了一次免费的心脏检查。”

“是啊。他是不请自来，恰巧让你碰见了。”

“不请自来？但我看您刚才说话时对他可是敬佩得很呢。”

德富一屁股坐在沙发上，咬牙切齿地说：“循环内科是个精英集体，上下关系森严，就算是教授，也不能违逆前任的意志。要是惹毛了他，你的地位和权力立即就会被剥夺。”

还有这种事？看来，世人眼里很有地位的医学部教授在其组织内部，相互之间的关系也是很复杂的。

德富越说越激动，“新岛先生是那种‘不让收拾房间的人’。房间不弄得乱七八糟，他就会坐立不安。教授室传到我手里的时候，房间里塞满了各种闻所未闻的‘灵感源泉’，简直就是个垃圾站。不但有前辈传下来的各种物品，还有不少新岛先生自己收集的藏品。他要求教授室的东西一件都不能丢，我没办法，只能偷偷在屋里隔出一个储物间。”

飞鸟环顾教授室里代代相传的各种“灵感源泉”，再次感叹道：“不过，这些可都是珍贵的收藏品啊。现在我终于明白为什么要把它叫作‘传说中的教授室’了。”

“可苦的是我呀！像这些粗鄙之物，我真想丢个干净！可是新岛先生却连把它们放在储物间都不允许，一定要将大部分东西都陈列在房间里。我哪里受得了！没办法，只能平时把它们收进储物间，新岛先生来的时候才摆放出来。”

看着唉声叹气的德富，飞鸟竟动了恻隐之心。

“那您是否可以找新岛先生的前任谈一下？是大隈先生吧？新岛先生也不敢不听他前辈的话吧？”

“大隈先生已得了认知障碍症，根本无力干预世事，而再前一任的福泽先生早已不在人世。”

“那就是说，现在已没人能压得住新岛先生了？”

“他恐怕是得了一种与密闭空间恐惧症相反的病，受不了一个人待在大房间里，所以要把房间搞得凌乱不堪。而我正好相反，房间越大越舒服，即使大到一望无边也不怕。”

说到这里，德富静静地看着他视作“灵感源泉”的“宇宙之心”——色彩鲜艳的“蕨菜糕”在水中颤颤巍巍地抖动。德富突然像想起来什么似的击了一下手掌。

“啊，有了！把教授室扩建一下不就好了吗？一间空旷的房间会让新岛先生心神不宁，以后他就不会来了。”

“把房间扩建？这是一件轻而易举的事？”

“没问题。这是个好主意！”

看来，还是“灵感源泉”起了作用。德富猛地从沙发上站起身，“得赶快去办。”

“去哪？”

“医学部部长室。医学研究楼的负责人就是医学部长。你也一起去吧。”

“我？”

德富催促道：“有你这位媒体人员在场会施加不小的压力，效果更好。再说，你是就如何预防医疗危机来这里采访的，是吧？医学部长梦野先生一直重视医疗危机方面的问题，你正好可以听听他的看法。”

天都大学的医学部长是麻醉科的梦野豪介教授，飞鸟事先已有所了解。在今天附属医院院长缺位的情况下，医学部长就是第一号人物了。

德富催促着飞鸟急匆匆地从女秘书面前走过，快步走向电梯厅。

8

在等电梯的时候，飞鸟想起新岛刚才说过的话，就问德富：“新岛先生似乎一下子难以接受宇津津院长突然死亡的事实，不知德富先生是怎么想的？”

“怎么想的？我也没什么特别的想法啊。”

“听说是心律失常引起的猝死，那可是先生的专业领域。”

“嗯？什么意思？你是在怀疑我？”德富沉下脸恶狠狠地问道。

飞鸟连忙表达歉意，“对不起！我只是知道有各种传言。”

“各种传言？说什么？”

“也没什么特别的说法。”

“没关系，你说来听听！”

“那只是传闻而已，有的说是自杀，有的说是遭遇意外……”

“就这两种？”

“对。”

“真的就这些？”不知为何，德富变得有点神经质起来。

为改变紧张气氛，飞鸟有意奉承道："刚才新岛先生还说了院长选举的事，德富先生是希望最大的候选人。"

"哪里！"德富冷冷地回应。

"大学医院的院长人选是怎么定的？"

"各个大学不一样。像我们医院，在各科担任科主任的教授就是候选人，由助教以上的医师、护理部、技师部、事务部的干部和职员投票，进行初选。如果得票数都没有超过半数，那就由得票最多的两个人在教授会上进行对决。"

"那真不容易。不过，德富先生应该把握很大。"

对飞鸟的这番恭维，德富的表现还是很冷淡。他抬头看着电梯的楼层显示屏，自言自语般地说："选举这种事是说不准的，不到最后一刻，什么可能都会发生。两年前的医学部长选举也是一样，谁能想到梦野会当选呢？那简直就是'葫芦里跑出马驹'啊。"

飞鸟还没听明白怎么回事，电梯的门开了。德富先走进轿厢，按了最高一层的按钮。

"选举医学部长的时候，各科竞争激烈，内科、外科和小科形成三足鼎立的局面，没想到半路杀出程咬金，基础医学的教授们推举了麻醉科的梦野教授！"

"宇津津院长出任是在三年前吧？院长任期是几年？"

"四年。"德富的语气似有不快。

"这么说，他照理还有一年的任期。"

德富没有接话，好像不愿意触及宇津津院长的话题。

电梯到了最高一层的13楼。门开了，德富轻咳一声，步入光线暗淡的走廊。

9

两人先请秘书进行了通报，得到允许后走进了医学部部长室。这是一间光线充足的房间，置身其中有种莫名的舒适感。

坐在办公桌后的梦野个子矮小，窄脸尖嘴，让人联想到剥皮鱼，形象同他的名字“豪介”相去甚远。

“啊，德富先生，请坐！”梦野热情招呼道。面对面坐定后，德富将他那张柴郡猫笑脸往前凑了凑，恭恭敬敬地说：“贸然上门打扰，实在不好意思！其实，我是想给梦野先生引荐一个人。”德富说着把脸转向旁边的飞鸟，“创作非虚构作品的作家，嗯，叫什么来着——”

“吉泽。”

“对，吉泽小姐。她今天是特意来采访我的，采访的主题是如何预防医疗危机。我想若是了解这方面的问题，那一定要把她推荐给梦野先生认识一下。”

“我叫吉泽飞鸟。请多多关照！”

互相致礼后，梦野抿着嘴微微一笑，用尖细的声音说道：“医疗危机啊，我也觉得这是非同小可的大问题，因为它事关日本的未来……”

“您说得对，”德富接口道，“这确实是个不容忽视的大问题。刚才吉泽小姐来我办公室采访时，她说，第一件让她吃惊的事就是教授室竟是如此的窄小！”

飞鸟扭头看着德富，心想我可没说过这样的话啊。德富佯装不知，继续说道：“她之所以吃惊也不是没有道理。循环内科的教授室还不如普通公寓的客厅大，现如今，就是一家企业的社长室也有酒店的一个套房那么大呢。”

“说的是。”梦野认真地应道。

“教授室过于寒酸，会影响整个天大医院的权威形象，正是担心这一点我才急忙跑来提出我的想法。在像吉泽小姐这样的外人眼中，天大医院也不过如此，没什么大不了。这里边不能说没有一点轻视的意思吧！”

“不，我丝毫没有这样的想法！”飞鸟连忙否定，一旁的德富用胳膊肘碰了碰她的侧腹。不知梦野是不是发现了德富的这个小动作，他不紧不慢地说：“循环内科可是大学医院的重中之重啊。”

“不，不，我们循环内科在内科的各个科中只能算是忝陪末座。”

咦，怎么又说成这样了？飞鸟露出惊愕的表情。此时，德富除了柴郡猫式的笑容，又添上了肉麻的柔媚声，“因此，我来找梦野先生商量，能否行使您医学部长的权力，扩建教授室。”

“扩建？”梦野皱紧眉头，一脸为难地说，“说起来，循环内科的教授室在德富先生接手后辟了一个储物间，会不会是这个原因，教授室才变得狭小了呢？”

“储物间只占了个屁大点的地方，对房间大小的影响极为有限。我觉得，教授室扩建需要从根本上解决问题。”

“那你觉得应该多大才行？”

“起码是现在的两倍。”

“那得立项拨款，做一个大工程了。”

“就靠先生您运用权力了。”德富猛地凑近脸，梦野不由得身子往后一仰。

“这样吧，拆去秘书用的外间隔墙，这样花费不多，两间变成一间，好歹也算是教授室扩大了一倍。”梦野建议道。

“这怎么行！这样一来，我和秘书就共处一室了，每次有客人来，同一个房间还要打铃告知，这不是太滑稽了吗？干脆这样，把教授室搬迁到别的地方吧，您看怎样？”

“搬迁的话，哪里有比较合适的地方呢？”

“能不能将各科的教授室集中在同一楼层？”

“没有空出的楼层啊！”

“那就在顶层上面再建一层吧。”

“这可是个大工程，拨款有困难啊！”

“这就没办法了。”

“我们像不像是在讨论基地的搬迁？哈哈！”

“还真像哪，哈哈！”

见德富的语气有所缓和，梦野也松了口气，“医学部的经费预算并不宽松，所以还得请你忍耐一下。”

“也对，做一个大工程并不是一件简单的事。我知道了。回去我也再想想办法。”

“还请多理解！”

德富不再说什么，就这样结束了与医学部长的交涉。

“扩建教授室好像有点难，是吧？”在返回的电梯里，飞鸟问道。

“你觉得呢？”德富斜眼看了一下飞鸟，然后像是自言自语地说，“你想得到10个，不能一开始就说要10个，而是提出要20个。这样，讨价还价，最后就能得到你想要的。这是一种策略。”

10

过了几天，飞鸟接到德富打来的电话。

“我的办公室已经进行了改建，你有空来看一下吧。”

“教授室扩大了？”

“来了就知道！你一定会大吃一惊，哈哈！”话筒里传来神秘的笑声。

按飞鸟的判断，教授室不可能搬迁，所以她还是照上次一样，来到了医学研究楼的六楼。

秘书所在的外间也是老样子。

“你好！”

打过招呼后，女秘书仍像是发送摩尔斯电码般按着对讲机上的按钮。

“吉泽小姐来了。”

“请她进来！”

她走过去，推开了里间的门。光从外间看，一点都看不出改建过的痕迹。但是门一开，她就惊呆了——房间的四面墙上都安装了镜子，自己的身体按着极端的远近法在镜子里变成无数个身影连在一起。

“哈哈，房间是不是变大了？”从办公桌后面走出来的德富自鸣得意，脸上浮现出柴郡猫式的笑容，“改建的费用当然由医学部出。在墙上安装镜子可比搬迁或扩建节省多了。”

“待在这样的房间里是不是太恐怖了？”飞鸟左右张望着，不由得缩紧了身子。

“你看我不是好好的吗？这还不算完，我想接着在地板和天花板上也安装镜子，这样，办公室就如宇宙的空间一样无限延展了。我处在中心位置，在无数个自己的身影和‘宇宙之心’的包围中，各种灵感一定会像涌泉般冒出来。”

望着教授投在四面镜子里的无数身影，飞鸟突然感觉到恶心得想吐。

这里真不愧是“传说中的教授室”。

第二章

手术部的澡堂

1

泛着粉红色，如同花椰菜的肠癌肿瘤，在大小路笃郎熟稔的手术刀操作下被切除了。

看到这场景，谁都会从心底升起钦佩之情：到底是消化外科首屈一指的权威！这时，连大小路自己都有点飘飘然了。

“后面的事拜托各位了。”

“明白。”

两名助手隔着口罩应了一声，随即开始腹腔清洗和腹壁缝合工作。离开手术台，护士长替他从背后脱下手术袍。

“辛苦了！”

“还行。”

大小路披了一件白大褂，步入走廊。一名迎面而来的护士恭敬地向他颔首致意。近来，电视里好像熟年族的演员很有人气，那一脸庄严的样子我也不差啊——大小路心中暗忖。自己这一身颇具威严感的架势，对女孩子来说，一定很有杀伤力。

走廊里正在闲聊的年轻医师见了大小路，赶紧闭嘴让出了通道。感觉真好。中央手术部是我的地盘。嗯，赶紧去休息室的澡堂泡个澡，解解乏。

大学医院的手术部备有医生专用的澡堂。大小路喜欢在那里一边轻松地泡澡，一边回想手术中的精彩之处。当然，一个人独处最好。

但这天，澡堂已有人捷足先登了。看到两只更衣筐里放着脱下的衣服，大小路的心情顿时变坏。谁的衣服？从更衣筐的缝隙可以看见白大褂上的名牌，是泌尿科的讲师和助教。他的心头腾地升起一股怒火。

泌尿科的医生居然抢在消化外科教授之前泡澡？成何体统！

大小路脱光衣服，拿了条毛巾走进浴池。

“咳，咳！”他故意咳了两声，狠狠地瞪了两人一眼。大小路的一只眼睛本来就有些斜视，这一瞪，更像歌舞伎里的“斗鸡眼”了，让人看着有些害怕。泡在浴池里的两个泌尿科医生慌忙起身，匆匆走了出去。

大小路先用热水淋了下身子，然后慢慢泡入浴池。他将整个身子浸入热水中，充分舒展手脚。澡堂就得一个人独占才行。大小路心满意足地仰首望着顶棚。可是从前，这里还要大得多。哼，都是那混蛋！妈的！他用手狠狠捶了一下水面，激起的水花溅了他一脸。

算了，别想那女人的事了！难得一个人，该放松一下。

大小路重新回想起刚刚结束的手术。剥离很顺利，出血控制在最小范围内，吻合也做得完美无缺。自己到底是老手！他正在暗自高兴，突然发觉更衣室有动静。

是有什么人来了？照理来说，只要看见更衣筐里有我这个消化外科教授的白大褂，一般人都会敬而远之。但还是有人毫无顾忌地推开了门。

2

进来的是个肤色白皙的青年男子。

大概是个实习医生。刚出道的新手，进手术部的澡堂是不懂规矩的。大小路用惯常的“白眼”斜睨了年轻人一下，但那人毫不在意，大大咧咧地舀水冲淋身子，水花差点溅到大小路身上。他沉下脸干咳一声，见没效果，又更大声地干咳了一下。“怎么了？”那人这才有所察觉，诧异地问道。

“没看见水花乱溅吗？”

“哦，对不起。”

嚯，就这么轻飘飘一句“对不起”就行了？连怎么道歉都不懂？

“你是实习医生吧？哪个科？”

“外科。”

在外科实习居然不认识我？大小路皱起了眉头。

“我是消化外科的大小路，可我没见过你这个实习医生。”

“我正轮到在呼吸外科实习。”

大小路原以为年轻人会服软，没料到对方没有一点儿这个意思。实习医生往往会轮换着在外科、内科、妇产科、儿科实习，但因为外科和内科分得更细，不可能每个科室都实习到。有的人可能不到消化外科来实习，所以他就不一定认识。

淋完身子，年轻人“咚”的一声跃入浴池。池水上涨，荡起层层波浪。

这小子太目中无人了，大小路恨恨地想，决定跟他说道说道。

“这个时间来泡澡，看来你这个实习医生很轻松自在啊。”

“啊，不，也不是。”

这小子连讥讽的话都听不出来，是感觉迟钝还是脑子有病？

“若是实习医生，这个时间不该休闲放松，而是应该在病房用功吧？”

见对方没有回答，大小路沉吟片刻后继续说道：“年轻人寻求快乐，就不会成器，更何况现在还是上班时间。”

“已过了5点，下班了。”

“嘀嘀，你说话的口气倒像是工会的人。你是名医生，应该知道患者的疾病并不会因为医生下班了而减去几分。”

“你这样居高临下说话，我可不想听！”

“喂，你这小子！我可是消化外科的教授，理所当然是居高临下了。你这个实习医生还不快快回到病房去，先把怎么写病历学学好！”气得火冒三丈的大小路此时连说话的声音都有些发颤了。

“职权骚扰？”

“什么？”

大小路被呛得一时说不出话来，不由得调整了一下姿势，“你这话说的！教授指导下级是职责所在。作为实习医生，天还没黑就进澡堂是不允许的。你叫什么名字？”

“问我姓名，您这是要对我施加压力吗？这正是职权骚扰啊！不问事由，一见人洗澡就说不对，要人反省，这也是职权骚扰。我昨天为监护重症病人一夜未睡，今天又忙了一整天，今天晚上还不知能不能回家，所以瞅空想泡个澡。您不问青红皂白，劈头就说实习医生不允许进澡堂。这太落伍了。这种强制性的所谓指导，我们实习医生接受不了！”

“你这……这……这是在对谁说话，知……知……知道吗？”大小路被这一顿无礼的抢白噎得张口结舌，说话也不利索了。

“知道啊，您不是消化外科的大小路教授吗？我刚才不也说了自己的身份了吗？我将自己的专业定位于呼吸系统，所以对消化系统不感兴趣。现在虽然轮到在外科实习，但我的志向是内科，所以不会指望先生的医局垂青。再说了，等到我申报教授的时候，先生早就退休了吧？”

“好了，我不想再听到你说出如此无礼的话！你给我走！”

“行，行，我这就走，但让我把身体和头发洗干净，不然病房里的护士都会嫌弃的。”说着，实习医生爬出浴池，不慌不忙地用自己带来的香皂在身上抹开了。大小路拼命朝实习医生瞪眼，但年轻人毫不在乎，洗发水、护发素轮番洗着头，舀水冲净后才走出去。

3

简直无礼至极!

浴池里，大小路握紧拳头的手在瑟瑟发抖。想起自己做实习医生那会儿，一提起教授，那简直就是高不可攀，见了都不知道怎么说话。可现在，竟然有人说出“你这样居高临下说话，我可不想听”这种话来。这世道完了！那小子说他是呼吸外科的实习医生，那就是灰野的地方了。这些人是怎么指导的？一想起呼吸外科教授，大小路就气不打一处来。

正在这时，更衣室又有了动静。这次好像是两人结伴而来。

“能进手术部的澡堂轻松一下，也就趁在外科实习的这段时间。”

“是啊，这是在外科实习的唯一好处。”

又是实习医生！大小路想，等两人进来索性骂个痛快。没想到短暂静默后，却听见一人提高嗓门说：“这次院长选举，应该是从四位副院长中选举吧？优胜者无疑是年富力强的德富教授。”

大小路猛一愣神，心想，自己也是副院长，且出任比循环内科的德富还早呢；从年龄上说，自己60岁，也比他大两岁。他又凝神细听，只听见另一人毫不隐晦地说：“不，德富教授的名声好像不怎么好。听人说，还是消化外科的大小路教授更有竞争力。”

大小路不由得探出身子，但随即发现两个实习医生正迈步进来，便迅速移至浴池一角，用毛巾盖住了脸。

“其他两位副院长是整形外科的鸭下教授和眼科的百目鬼教授，对吧？”

“没错，但这两位没有希望。鸭下教授才40来岁，太嫩；而百目鬼教授呢，是眼科的，小科的人当不了院长。”

“不，你有所不知。百目鬼教授不仅资格最老，而且医术精湛，吸引了关东地区的无数白内障患者前来动手术，为医院效益做出了巨大贡献。另外，听说他干事也很有魄力。”

你们了解的还真不少！大小路不由得心生感慨。他当然还知道，百目鬼洋右的教授室里配置了上百万日元的4K液晶彩电，铺着高级波斯羊毛地毯。在大学附属医院也在寻求独立经营的今天，这位眼科教授靠着价格高昂的白内障手术成了医院的收款机，提高了自己在医院的地位。

“要说干事有魄力，鸭下教授也是敢说敢言。听人说，他曾放言，要彻底改革旧体制，让天大医院一跃成为日本拥有最先进医疗设备的医院。”

确实如此，大小路点了点头。整形外科的鸭下彻是大阪人，一些无法言说的话他会毫无顾忌地说出来，所以在年轻医生当中很有号召力。

大小路沉下身子，只留下颚触着水面，竖耳细听。说不定从这些没有利害关系的实习医生口中说出的评价更具有真实性。他很想知道别人是怎么看自己的。

“那么，你对这次院长选举真的就没有一点自己的想法？”

“也不是。我还是看好大小路教授。他手术做得漂亮，人看着也很有威严感。”

“确实如此。作为天大医院的脸面，大小路教授很合适。他在女医生和护士当中也很有人缘。”

“好像在整个医学界也很有影响力。”

听到这里，大小路忍不住转过头去，轻轻咳了一声。

“啊，是大小路先生！”

“您在这里？失礼了！”

两个实习医生慌忙站直身子，躬身致礼。

“啊，别，别，你们是实习医生吧？”

“是的，在心脏外科实习。”

“噢，每天很辛苦吧？”

“哪里，哪里，我们洗洗就走，您慢慢来。”

“别急，别急，已经过了5点，慢慢洗吧。对了，你俩看着好眼熟，请问叫什么名字？”

“啊，不，岂有让大小路先生记住敝姓的道理！”

“是啊，真是不敢。”

“好吧，随你们，我得先走了。”大小路留心着脚下，离开浴池。大概泡澡时间长了点，他有些头晕，不过心情却是大好。实习医生无意中做出的评价，应该可以看作全院的民心所向。

两个实习医生还保持着低头致礼的模样。大概是心情太好和脑部充血的缘故，大小路没有注意到两人正在挤眉弄眼。

4

几天后，吉泽飞鸟为写作《医疗危机的拯救者》获取素材，来到大小路笃郎的教授室采访。

“整天站着做手术，无论是谁都会疲惫不堪。你知道恢复精力最好的办法是什么吗？”

被这么突然一问，飞鸟竟不知如何回答。

“泡澡！是泡澡啊！做完一台长长的手术之后，我就想尽快去澡堂泡个澡。日本的大学医院手术部都设有澡堂，而欧美国家却只有淋浴。我拒绝海外大学的聘请，原因就在这里。”

大小路对有关医疗危机的提问充耳不闻，只是喋喋不休地列举泡澡的好处。飞鸟无奈，只好装出颇感兴趣的样子倾听。她想起延明出版社的保利曾经说起过采访大小路的窍门——大小路先生是个很自恋的人，见面后要先夸他的外表。

但是，让飞鸟觉得为难的是，该夸他哪里呢？眼前的这个人身材肥胖，脖颈粗短，一张坠腮脸快要与肩膀连成一条直线了。眼神还算锐利，可那两个有点外突的眼球却怪怪的，视线似乎总不在一个焦点上，整个人看起来活像一头患有斜眼病的海驴。

趁着说话停顿的间隙，飞鸟说道："刚才听您讲述的时候我在想，先生做手术的模样一定会是一幅很棒的画。"

话一出口，飞鸟就后悔了，这种赤裸的恭维话会不会惹毛他啊！

"是吗？"没想到大小路回应的却是一张笑脸，"大概是因为长年站着做手术，慢慢就成了这副模样。我也时时会感觉到护士热辣辣的目光，当然啦，俺对此是一概无视。"

刚才用的第一人称还是"我"，转眼就变成了"俺"，飞鸟对他如此自负真有些吃惊。但作为采访者来说，此时正是进一步获取信息的良机。

"听说，受医疗危机的影响，近来进外科的年轻医生正在减少，有这回事吗？"

"没有的事！现在的主流是消化外科。轮流着来观摩我的手术并希望留下来的年轻人还是不少的。再说，手术部的澡堂也是人来人往热闹得很。"

怎么又说澡堂！飞鸟有些厌烦。这时，大小路像忽然想起什么似的，脸上露出不快的神色。

"咱手术部的澡堂以前可要大得多。京洛大学、阪波大学的澡堂俺都见过，还是咱天都大学的澡堂最气派，堪称全日本第一。都是那个女人，后来硬是把澡堂弄小了。"

"哪个？"

"脑外科的花田寿美代。"

飞鸟知道花田是脑外科的教授。事实上，花田是外科系唯一的女教授，擅长显微外科手术。她还是个有名的女权主义者，有一段时间常在电视台的综艺节目上慷慨陈词。

“哦，外科系教授中唯一的女性，万绿丛中一点红。”

“还一点红呢！把她当作女人，就如同把狒狒当人看。这人乍一看，颇有点像尼安德特人呢。”

确实，花田下巴大，面颊阔，还长了一双眼梢上扬的狐狸眼。大小路的比喻虽然有点刻薄，倒也差不太远。

“随着外科的女医生越来越多，两年前，花田缠着院长要在手术部建女澡堂。因为没有空余的地方，要建女澡堂，就只能占用男澡堂的空间了。花田还真厚颜无耻，提出要分出男澡堂一半面积建女澡堂，结果被我顶了回去。最后，大家各退一步，女澡堂建成了男澡堂的一半大。尽管这样，男澡堂还是被缩去了三分之一。被她这么一折腾，别说京洛大学、阪波大学了，就是地方大学附属医院的澡堂也比我们的大。这可是全国首屈一指的天都大学医院的澡堂啊，可叹可悲！”

说到这里，大小路皱紧眉头，一副痛心疾首的样子。刚才的“俺”重又变成了“我”。

“那个花田，大概是显微手术做多了，总爱纠缠一些鸡毛蒜皮的小事，动不动就是性骚扰、学术骚扰的，腻烦得很。那女人还煞有介事地学跳交谊舞，被我们消化外科的一名副教授嗤笑，顿时火冒三丈，非要人家写道歉信不可。”

花田跳交谊舞的趣事飞鸟倒是在电视上看过。

“你是不是也觉得很好笑？她那个水桶般的粗腰根本不适合跳交谊舞，可她还是起劲地学，连走过医院走廊转角处也要旋转90度跳个舞步。一次，碍于情面，我也应邀去观摩一场业余交谊舞大赛。花田那个打扮差点把人吓死。那张酷似尼安德特人的脸化着厚厚的浓妆；嘴唇涂得猩红，简直让人怀疑是不是将一支口红全用完了。她可能把自己想象成了城堡上跳舞的灰姑娘，跳得可卖力了。但在我看来，她活像古罗马竞技场上朝人袭来的野兽。哈哈哈哈……”

显然，花田闹腾得男澡堂变小这件事，一直让大小路耿耿于怀。

“我要是当了院长，第一件事就是扩建手术部的男澡堂，不管你花田怎么说。我可不像宇津津院长那般软弱可欺。”

见又说到澡堂上面，飞鸟连忙转移话题。

“听说宇津津院长是在家里猝死的。”

“嗯？啊，对的。他是急救部的教授，却在被送到医院之前就没命了，这真有点讽刺的意味。”

不知为何，大小路此时显得心神不宁起来。飞鸟继续追问道：“听说死因是心律失常，但还是存在一些疑点……”

“胡说！没什么可疑之处。难道你对院方的定论有疑问？”

“我不是这个意思。”

面对强硬的诘问，飞鸟只得低头不语。大小路若有所思地用手指叩击着沙发扶手，然后又像想起了什么似的停下，提高声调道：“啊，对了，会不会是宇津津院长的夫人？”

“怎么？”

“哎呀，夫人可是个大美人。”

“她有什么传闻吗？”

“啊，不，我只是随口说说。对了，你的采访主题是什么？医疗危机？这个话题可是值得一说。”

大小路显然是想转移话题。就在飞鸟寻思着该怎样应对时，大小路又扯到别处去了。

“这个周末外科系医局有个亲睦旅行活动，你要不要一起去？心脏外科、呼吸外科、脑外科的教授也一起参加，你可以分别找他们聊聊。”

这个邀请虽然有点意外，但是如果能一下子采访到多位教授，倒也不失为一个很好的机会。

“太谢谢了！但是，像我这样一个外人参加这样的活动，合适吗？”

“我说行就行！”大小路不忘炫耀一下自己的特权。

“有个问题不知当不当问，刚才您说活动是外科系医局组织的，那整形外科的鸭下教授也参加吗？”

飞鸟问得小心翼翼，可大小路脸上还是露出了不悦的神色。

“我告诉你，外科是个为医治关乎性命的疾病而做手术的科，整形外科之类，只是捣鼓捣鼓骨头和关节而已，他们和修理铺没什么不同，与我们这样每天面对性命攸关的脏器的医师，在精神的紧张程度上是完全不一样的。”

还有这种区别？飞鸟想，还不是因为鸭下是副院长，是院长选举的竞争对手，你才将他排挤在外。但她还是耐着性子继续问道：“那么，泌尿外科也做手术，为什么不列入其中呢？肾脏也是性命攸关的脏器呀。”

“泌尿科就是泌尿科，不叫泌尿外科。通常说来，一个科的名字里有个‘尿’字的，就不属于外科，那是个专门与下体器官打交道的肮脏的科。”

听着这充满歧视意味的话，飞鸟只得笑笑。

“旅行活动去哪里？”

“那须温泉。那里温泉资源丰富，可以享用各种泉水。我们预订的新茶臼酒店还有带露天澡堂的客房呢。”大小路嘿嘿笑道，眼神看上去怪怪的。

5

经大张旗鼓的动员，亲睦旅行成了一次有百余名外科医务人员参加的大型观光活动。医院包了多辆豪华大巴，出游人员按科乘坐。意想不到的是，飞鸟一到集合地就被花田缠住了。

“你是嘉宾吉泽小姐？听说你正在就医疗危机的问题进行采访，我可以向你提供各种素材。我常常在电视节目《大脑研究室》和《TV影子内阁》中客串点评人。”

“我知道。先生的点评总是一针见血。”

“你也常看？太好了！”

她搂着飞鸟的肩膀，朝大小路那边走去。

“大小路先生，吉泽小姐的位子还没定下吧？这样吧，让她坐我们的车，行不？”

“这……她是坐我身边……”

“就这样了。吉泽小姐，我们走吧。”

花田不理大小路，催着飞鸟上了脑外科的车。

巴士的后半个车厢像是在开沙龙，飞鸟被安排坐在花田的边上，四周围着一圈脑外科的女医生。一位目睹了花田与大小路交涉一幕的医生很有感触地说："到底是花田先生，连大小路先生也招架不住。"

"哪里话！大小路先生可是咱们的副院长。再怎么说，他是腹部手术数一数二的名医，对此我是甘拜下风的。"

花田不讨嫌大小路？这倒有点出人意料。飞鸟试探性地问道："听说有关手术部的澡堂问题，你们有过一些争执？"

"是这样的，你想想，外科的女医生越来越多，可是澡堂只男医生有，这不合理嘛，对不？30年前，我进医学部的时候，一个年级上百人只有5个女生，而现在呢，至少有30个女生，今后还会越来越多。可大学医院还保留着大男子主义的旧弊，处处可见性别歧视的现象。"

周围的女医生听了都频频点头。花田更来劲了，开始了她擅长的女权演说。

"女性要争取自己的正当权利，就非得态度鲜明不可。可我们有些护士呢，却爱讨好男医生，这让那些男人更加沾沾自喜。所以说，女人的敌人其实是女人自己。"

巴士上了东北高速，车窗外一片翠绿景色。照这样下去，在涉及医疗危机话题之前，目的地就到了。飞鸟赶紧瞅准时机改变话题。

"嗯，还是说说日本的医疗危机这个问题吧。"

"说起这个，我就想到脑外科因为后继乏人也是困难重重。整个外科系都有这样的问题。我们都是随时待命，因为不知道什么时候就有急诊。做我们这一行，必须召之即来，所以不能随意喝酒，也很少有属于自己的私人时间。虽然工作繁重，但待遇却和朝九晚五的科一样，所以也就无法吸引年轻人进来。”花田倒起了苦水。

“您说的朝九晚五的科是什么科？”

“内科啊。”

是吗？飞鸟一直以为内科的工作也很繁重。

花田继续说道：“内科医生只要用用听诊器、开开处方就行了，还以为自己有多了不起呢，总是摆出一副老子天下第一的样子。说实话，能用听诊器诊断的都不是什么大毛病。”

“是吗？”

“呼吸音没法诊断肺癌，是吧？也许能听出气喘的喘鸣，但这种声音没有听诊器也能听出来。而心律失常、心脏杂音之类，心电图和超声波更能准确判断。叩诊和触诊都是煞有介事诓骗患者的行为。你想想，如果按压腹部能触摸到肿块，这个癌症早就到了无药可救的地步了。所谓的问诊，不过是走个程序而已，有这点工夫还不如直接去做血液检查、摄片检查，更能解决问题。”

患者心目中十分重要的问诊和听诊，在花田看来却是一种无效的行为？

“内科没有药就无法施行治疗，所以只好依赖制药公司。制药公司为了推销药品，也离不开医生。但他们心里很清楚，没有自己生产的药品，医生就手足无措。而内科医生也会摆架子：我不开处方，你制药公司连一分钱都赚不到。两者互相依存又互相对立，他们的人性是扭曲的。”

说到这里花田鼻子里轻哼一声，然后清清嗓子道：“我们的外科却是有手术这一实在的治疗手段。手术可是一门艺术啊，明白？特别是脑外科的显微手术，更是一种精雕细琢的手工艺，是美术！吉泽小姐，你知道《神奇旅程》吗？这是一部20世纪60年代的科幻电影，说的是一个将医疗小组缩微化后送入患者体内进行治疗的故事。”

今年30岁的飞鸟当然不会知道这么老的电影。但外科医生也需要仰赖医疗器械制造商，这同内科医生和制药公司的关系不是一样吗？虽然这么想，但她不敢提出来，怕会惹怒对方，于是再次变换话题，问道：“说起来，前些日子去世的宇津津院长真让人同情，不知他的为人如何？”

“他呀，用一句话说，就是个工作狂。他曾说，为阻止医疗危机，天大医院必须率先改革，为此努力推行医院的变革。”

“报纸上的消息说，他在院内有很高的威望。”

“嗯，算是吧，不过他脾气有点急躁。有正义感当然不错，但他还是有点理想主义者的味道。在几位副院长眼里，他就是一个古怪的人。”

飞鸟心想，在德富和大小路等人的眼里，宇津津院长的确是个怪人，但因为他们自己才是相当变态的人，所以正好相反，他们眼里的“怪人”才是正常的人。

“听说事发突然，连送往急救部都来不及。还有传言，说他的死存在一些可疑之处。”飞鸟说。

“是啊，我当时也是大吃一惊。”花田像是早就在期待这一刻似的，滔滔不绝地说起来，“宇津津先生是凌晨2点到3点之间在书房倒下的。当时第一发现人是利佐子夫人，不知为何，她没有叫救护车，而是联系了宇津津先生的部下小坂井副教授。小坂井副教授在确认了宇津津先生已经死亡之后，才向天大医院的四位副院长报告，大家立即赶往医院进行协商。最后形成的结论是，宇津津先生因心律失常猝死。”

“不叫救护车，这有点奇怪啊。”

“整个事件的处理都是他们几个人在做主，没有进行解剖，所以死因也不清楚，就按德富先生说的是心室纤颤。不过，也有人说是自杀，因为宇津津先生正被医院的运营弄得身心俱疲。如果真是这样的话，对天大医院的名声就不利了，媒体也会闻风而动，所以大家决定将其定为病死，这是很有可能的。”

“是不是还有意外死亡的可能？比如过量服用了安眠药、跌倒撞到了要害部位之类。”

“谁知道呢！最最险恶的说法，说是可能死于谋杀。”

见花田主动将大家难以说出口的话说了出来，飞鸟不由得暗暗吃惊。花田似乎并不顾及周围的部下有什么反应，只是沉浸在推理的乐趣中，“假设宇津津先生是被人谋杀的，那么凶手肯定是最能得利的人。所以，这种情况下，这六个人都是有嫌疑的。没了宇津津先生，小坂井副教授就能升教授；而利佐子夫人呢，她与小坂井副教授有绯闻，会不会丈夫成了她的障碍？再说四位副院长，只要宇津津院长离世，就有希望更快地升任院长。”

“但是，听说宇津津院长的任期只剩下一年了。”

“宇津津先生生前说过，为了将他发起的医院改革推进下去，他打算再连任一届院长。宇津津先生说这话时充满信心，不像是说大话，几位副院长听了自然心里凉了半截。”

“这样一来，要当院长，就得再等五年，有人可能等不及了。”

“到底是什么情况，我也不知道。反正与我没关系，所以我也不感兴趣。啊，快到酒店了吧？”

不知不觉中，巴士已开过那须高速出口，朝那须五岳主峰——茶臼岳的山脚下驶去。

6

飞鸟一下车就和大小路打招呼，大小路却没理睬她，估计还在因她上了脑外科的巴士而生气呢。简直像个孩子，飞鸟想，还是先别刺激他为好。

就在这时，身后传来了招呼声："你是吉泽小姐吧？"原来是医学部长、麻醉科教授梦野豪介。他好像也是作为嘉宾参加这次活动的。

"梦野先生好！前几天我和德富先生一起贸然上门，失礼了！"

"哪里，哪里，没关系！怎么样，有关医疗危机的采访顺利吗？"

"暂时还不怎么顺利，总是难以说到点子上。"

"毕竟这不是个简单的问题，我也一直在忧虑。预防医疗危机，需要各个科齐心协力，所以做起来非常难。"梦野说，随即又关心地问，"对了，刚才你在车上和花田先生也聊过了，是吧？对针野先生和灰野先生的采访计划定了吗？没有的话，我帮你安排一下，怎么样？”

“太好了。”

见飞鸟低头致礼表示感谢，梦野连忙跑过去叫住刚才好像同车的心脏外科教授针野飞雄，和他说了几句，针野点了点头。梦野接着又叫住正往酒店走去的呼吸外科教授灰野世和贵，交谈了几句后，重又回到飞鸟身边。

“说好了。针野先生和灰野先生分别于半小时和两小时之后，在各自的房间接受你的采访。房号等一会儿办好住宿手续后，问一下总台就知道了。”梦野舒展开那张酷似剥皮鱼的窄脸，笑着说。

7

办完住宿手续后，飞鸟拿着采访本和IC录音机去了心脏外科教授针野的房间。

梳着大背头、戴着银边眼镜的针野医生看上去有点神经质。

“你要就医疗危机进行采访？”在窗边隔着小桌面对面坐下后，针野便用不耐烦的口吻问，“心脏外科也因人手不足而面临困境，因为现在的年轻人只想着如何享受，哪里赚钱多，不像我们年轻的时候，说起心脏外科，就觉得是外科系的第一科，要想往上爬，就得一年365天每天24小时牺牲私人生活时间不停歇地努力用功。心脏手术来不得半点差池，丝毫的疏忽都会让人送命。人体所有的脏器中它是最重要也是最为脆弱的。”

“循环内科的德富教授也是这么说。”

飞鸟这样说，原是想讨对方喜欢，没想到针野听了顿时沉下脸来。

“愿意来心脏外科的人少，就是德富教授的缘故。他在医学部上课时总讲些贬低外科的话，当然，他是想有更多的人去内科。他说什么心脏外科无非就是捣鼓些导管治疗。”

“这话明显以偏概全了，比如心脏移植就不是导管治疗能做到的。”

“是啊。可是德富教授却说，等有了人工心脏，移植就毫无用处了。其实，现在连使用iPS细胞的人体胚胎干细胞移植也离不开外科手段。可他却说，通过输液手段移植细胞的时代早晚会到来。”

确实，相比手术刀，输液更有优势。随着医疗技术的不断进步，外科的“地盘”有可能会越来越小。

“我晋升教授时是得到德富教授帮助的，但他贬低外科的言行真让人生气。受他的影响，一些原本有志于从事心脏外科的年轻人去了循环内科。他不仅在医学上给人洗脑，还把实习医生带到寿司店和烤肉店进行劝诱，手法实在太卑劣。有传言说他把脑筋动到医学生身上，‘买青苗’（意即与学生毕业前就签订就业合同），还有意接触国家考试的出题人员，然后泄露信息。”

“这个问题严重了！”

“也只是传说，不知是真是假。”针野一脸不快地转过脸去。

针野随后说的基本上都是德富的坏话，有关医疗危机的问题，几乎没怎么涉及。

8

飞鸟回到自己的房间，等到差不多约定的时间，又去了呼吸外科灰野教授的房间采访。

一进门，就见灰野端坐在日式矮桌前等着她了。那样子给人落魄沧桑之感，毫无大教授的威严。

“对不起，在您劳累的时候打扰您休息。我正在就医疗危机的问题，倾听大家的看法。”

“找我采访，会有什么用吗？”灰野的话里明显缺乏自信，随即他又用阴沉的语调说道，“其实，前几天我已被大小路先生狠狠骂了一顿。这次旅行我就犹豫着要不要来，是不是应该在家反省。结果他说，一定要参加，这是命令。”

“发生了什么事？”

“我们科的一个实习医生天没黑就去了手术部的澡堂，还把大小路先生的指教说成职权骚扰。大小路先生非常恼怒，责问我们呼吸外科是怎么教育实习医生的。”

“噢，这样……”就为这点小事发怒？飞鸟叹了一口气。

灰野继续低声说道："说起医疗危机，我们呼吸外科这样的小科其实没什么发言权。再说，呼吸外科处置的脏器就是肺脏，范围也小。"

"什么意思呢？"

"大小路先生的消化外科，从食道到胃、十二指肠、小肠、大肠、直肠，还有肝脏、胆囊、胰腺，范围很大，说它几乎涵盖了人体的主要部分也不为过。呼吸外科呢，就是个肺脏。"

"这有什么好介意的呢？"

"你们外界或许会这样想，但是在医学界，领域范围是很重要的。"

"照这么说，那心脏外科呢，是不是只管心脏一种脏器？"

"等级不一样呀，再说，心脏是在跳动的。"

"肺不也是在呼吸吗？"

"不，肺是依靠横膈膜和肋间肌被动活动的。"灰野垂下眼帘，摇了摇头。看来，他就是那种人们常说的"极端消极的人"。

"再说了，肺通过手术切去一块不会危及生命，心脏和大脑就不行。"

"可是，呼吸停止的话，人会死去。您应该更有自信才对。"

交谈不觉间进入了慰藉模式。但是，灰野还是那种低声下气的样子。

"确实，呼吸器官是很重要，也会生出各种毛病来，比如肺癌、肺炎、肺结核，自然气胸中有肺水肿、肺气肿、肺脓肿，还有气喘、结节病等。但是这些疾病中唯有肺癌需要手术，其余都是内科疾病。所以，说呼吸内科还差不离，说呼吸外科就不准确了。”

一般谁会去想这个问题呢？可见归根结底灰野还是抱着消极的态度。飞鸟想，得让他改变一下自己的想法，于是一字一顿地说：“肺癌不是性命攸关的大毛病吗？死于肺癌的人无以计数，这还不能证明呼吸外科的重要性？”

“可是，手术并不能百分之百地治愈肺癌。若有复发和转移，最后还是不得不由内科来治疗，比如抗癌药物治疗等。近些年，分子靶向治疗发展很快，疗效显著。这样下去的话，今后可能只需药物就能治疗肺癌了。到了这个阶段，呼吸外科也就真的出局了。在医学界，我们呼吸外科是濒临灭绝的科种。”

灰野的悲观情绪简直到了让人同情的程度，而他接下来说的话更是令飞鸟大吃一惊。

“而且，肺脏几乎没有什么食用价值。”

“啊？”

“脏器的等级由多个方面决定，比如与生命的相关性、受骨骼的保护程度等。能否食用也是一个指标，食用价值高的脏器就处于前位。内脏当中肝脏名列第一，菜谱中不是有炒肝、酱鹅肝吗？都是很有名的。其次是用于烤内脏的猪肚、猪肠，制作牛腰馅饼的肾脏，烧烤用的心脏等都很有嚼头，是美食。鱼的精巢，也就是鱼白，很珍贵；鱼的卵巢可制作鱼子酱、咸鱼子等，口味独特。猪脑在中餐里是一道美味的菜肴，法国菜和意大利菜也会用到牲畜的脑。可是肺脏却像海绵，嚼之无味，口感也差，很少有烧烤店卖这玩意儿。即使有，也被称为‘棉絮’，简直上不了台面。”

何必把肺贬得如此一文不值呢？真不知道灰野负性思维的底线在哪里。

“所以，我们呼吸外科面临的不是什么医疗危机，而是濒临灭绝，还能不能生存下去的问题。真不好意思，我的回答也许对你的调查没什么帮助。”灰野向上翻了一下眼珠，露出自虐般的笑容。

9

傍晚6点，在酒店大厅举行的宴会开始了。

100多位外科医生留出当中的空间，井然有序地分坐于两旁各自的餐桌前。四个科的教授、副教授、医局长则在上座一一落座，上座正中当然非大小路莫属。

大小路身着短褂盘腿坐在席位上，想必之前已经充分享受了大浴场、露天温泉、打浴（从导水管落下水柱直击肩或背的温泉）的惬意。与会者大多也是穿着一身单和服，而花田等女医生则是便服打扮。飞鸟原本想在末席找个座位，结果被人强拉到上座一端坐下，说是“大小路教授请来的贵宾该坐上座”。

宴会开始，大小路站起身，拿起麦克风。

“如今，社会对我们外科的期待是越来越大。原因很简单，就是癌症已占了死因的首位。我们消化外科治疗各种脏器罹患的癌症，对当今医疗做出了贡献。治疗肺癌的呼吸外科也是如此。位于死因第二位的是心脏病，治疗心肌梗死、瓣膜症的心脏外科也成了重镇。死因第三位的是脑血管障碍，手术治疗脑动脉瘤、脑出血、脑肿瘤的脑外科占了重要地位。由此可见，占了死因前三位的都是我们外科治疗的疾病，外科今后的发展前景令人鼓舞。但值得一提的是，这些年来，内科开始涉足导管治疗，染指心脏外科、脑外科的领域。需要精细技术的导管治疗原本是外科医生做的事，内科医生只是为病人开开药方而已。”

分坐在大小路两旁的花田和针野频频颔首，而灰野只是卑微地低着头。

“说起来，内科也做起了导管治疗，是因为光靠药物治疗不管用了。如果单靠药物治疗就能解决的话，也就没必要多此一举了，对不对？就算是癌症治疗，除了极少的一部分以外，单靠抗癌药物是无法治愈的。尽管只是延长一下患者的生存期而已，内科医生却故意隐瞒这一事实，让患者抱着也许能治愈这一不切实际的希望。这同诈骗又有什么区别呢！我这么说绝不过分。”

这有点言过其实了吧？飞鸟轻轻摇了摇头。

“癌症治疗，只有手术切除才是最快、最彻底的治疗手段。抗癌药物、放射治疗最多也只是缩小病灶而已。当然如果手术时已出现转移，或手术后复发的病例也不少见，但这样的患者，再用抗癌药物、放射治疗，仍然没法治愈。也就是说，能治的癌症用手术就可以治好；手术治不好的癌症，再怎么治，还是治不好。”

这话说得真是咄咄逼人，飞鸟心想。就在这时，大小路语气一转，声音突然变得柔和起来。

“大家知道，我们天大医院快要进行院长选举了。鄙人大小路笃郎作为代表外科系医局的副院长，决定参与竞选。一旦竞选成功，我将采取措施，削弱我院的内科势力，推行外科的积极治疗。为此，我们外科系医局的精诚团结和诸位在座先生的积极配合就显得十分重要。借此机会，我恳求各位的鼎力支持！”

大小路说完低头鞠躬，全场响起整齐的掌声。看来，这次亲睦旅行还兼作了院长选举动员集会的作用。

饮料上来后，心脏外科的针野率先举杯。

“现在让我们举杯，为我们外科未来美好的发展前景，为大小路先生顺利当选院长，干杯！”

全场一起举杯唱和后，热闹的晚宴开始了。啤酒、日本酒、葡萄酒、威士忌一一上桌，人们开始走动起来。消化外科的医生给其他科的干部斟酒，对院长选举中的合作做出确认。其他科的医生则围着大小路争相说着谄媚的话。

“这次院长选举，大小路先生必胜无疑！”

“人格、威望、实力，无论哪个方面，没有人能胜过大小路先生！”

听着这些露骨的奉承话，大小路脸上浮现出满足的笑容。有了醉意后，面对着围在身旁的医生，他开始口无遮拦地说起了内科的种种不是。

“别看那些内科的家伙高高在上的样子，他们所谓的开药方，实在让人怀疑。谁知道是不是安慰剂的作用呢？你以为药有用，其实是心理作用。”

针野应和道：“这就像保健类食品，其实没有任何治疗效果，患者吃了却觉得是有效的，真让人无语。”

花田也附和道：“而在外科，我们是通过手术切除坏东西，效果自然显而易见。”

“没错。内科无法直接消灭肿瘤，所以他们只能随便杜撰个理由，给患者开毫无疗效的抗癌药，以保住自己的权威地位。”

周围的医生听了纷纷随声附和：“对啊”“真是这样”“就是这么一回事”。

不远处的飞鸟听着这些话，切身感受到了外科医生深入骨髓的自卑感。可是，内科医生也一样。回想起前些时候采访过的德富煞有介事地贬低外科的模样，毫无疑问，那是另一种自卑情结在作怪。本来，这些医生都是极优秀的社会精英，可他们的精神世界却并不安宁，一点职业自信都没有，这让飞鸟不由得生出一番同情。

10

吃好喝足之后，便是表演节目的时间了。大厅中央成了舞台，卡拉OK、相声、口技，年轻人各展其才。口技以模仿为主，内容都是丑化其他科的教授。

“借此机会，让我们一睹花田教授优雅的舞姿如何？”

大小路突如其来的建议，让花田不知所措。

“别开玩笑！裙子、鞋子都没准备，跳不了。再说，大厅铺的也不是木地板。”

“没关系！各位，听好了！花田先生的舞姿你们一定要欣赏一下，可优美了！喂，管卡拉OK点歌机的，看看有没有华尔兹或探戈的曲子。”

大小路让人准备放曲子。

“不行！舞伴也没有。”

“舞伴的话，我们科的速水可以担任。他为了参加今天的活动还特地去上了舞蹈速成班。”

“唉……”花田扭扭捏捏地拖长了语音。站起身来的医生，是个身材高挑的帅小伙。

大概是大小路早就吩咐好了的，速水一身白衬衫配黑裤子，分明是跳舞的装束。

“花田先生，请务必让大家欣赏一下啊！”消化外科的医生们围着花田，齐声喊道。

“看来是逃不了了！”也许是醉意壮了胆，花田站起身，扭着粗壮的腰，朝大厅中央等着的速水走去。

负责卡拉OK点歌机的医生一番拨弄，音响传出了探戈《假面舞会》的旋律。花田慌忙扶着速水，神情投入地踏出了探戈的舞步。大小路用手打着拍子，众人的情绪也一下子高涨起来。

“哇，太棒了！ Wonderful！”大小路连连称赞，然后转向飞鸟，“吉泽小姐，你过来一下。”他让飞鸟坐在自己身旁，“好看不？真优雅啊！”

可你先前不是还在讥诮她长着一张尼安德特人的脸，像古罗马竞技场上的野兽？不等飞鸟多想，大小路已凑近身子低声说道：“在这种硬地上跳舞太没劲了。地下室的酒吧好像有舞池，一起去玩一下怎么样？”

这是什么意思？飞鸟没听明白，连忙说：“我从没学过跳舞，根本不会啊。”

“没关系。跳贴面舞的话，不讲究什么舞步。”

啊？飞鸟一下子蒙了。和这个海驴跳贴面舞？是在开玩笑吧？她摇着头，一脸可爱模样。但是消化科的医生却围了过来，纷纷劝说飞鸟接受大小路的邀请。

“吉泽小姐，不用客气！”

"大小路先生是诚意邀请你！"

飞鸟一个劲地摇头，内心却并没有一丝恐惧，觉得教授怎么也不会干出什么出格的事来。可见大小路站起身来，她还是决定逃离这里。

就在这时，头顶上响起一声炸雷："发生什么事了？"

原来，发现情况异常的花田中断了舞步，走过来挡在了大小路面前。

大小路忙辩解道："没……没什么事。我是看花田先生的舞姿入了神，自己也跃跃欲试起来。听说地下室有舞池，所以……"面对花田的怒目而视，大小路简直没有任何招架之力，竟慌不择言地继续道，"是……是吉泽小姐说，她只会跳贴面舞。"

"贴面舞？那我拿手得很！来，大小路先生，咱务必要跳一场！"

"啊，不……哎哟，疼死我了！"大小路突然用手按着腰，一屁股坐了下来，对身旁的人说，"我腰疼，跳不起来舞，对不对？"

"是啊，大小路先生有严重的腰疼病，必须绝对静养。今天参加宴会已经太累了。"

"先生，您该回房间休息了！"

"好的，就这样。速水君，你是花田先生的舞伴，得好好陪侍，不得无礼。"

大小路说完，在几名医局员的搀扶下离开了大厅。

"速水医生，那我们去地下室舞池吧！"

被花田挽住胳膊的速水苦着脸，那模样活像是个可怜的被赶进古罗马竞技场的角斗者。

11

大小路一走，留下的医生们便毫无顾忌地露出醉态。有的大声谩骂或说着荤段子，有的醉倒在地，嘿嘿傻笑。

飞鸟呆呆地看着眼前的景象，不知如何是好。就在这时，麻醉科的梦野走来坐在她身边。

“医生的聚餐是不是很疯狂？平时都是一副矜持斯文模样，一旦来到陌生地方就放纵无度，简直让人无地自容。”

他的话里一半含着自嘲。大概也不胜酒力，他的眼帘已经半垂。

“大小路先生嫌恶内科这件事真让人头疼。他作为外科医生确实是出类拔萃的，但要是再大气一点就更好了。德富先生似乎对外科也存有偏见。整形外科的鸭下先生则扬言，要彻底砸烂陈腐的天大医院。而眼科的百目鬼先生呢，却气势汹汹地说，不会赚钱的医生应该统统滚蛋。照这个样子看，谁当了院长都会带来混乱。结合医疗危机的现状，现在真不是进行院长选举的时候。”

梦野将手支在盘起来的腿上，手掌托着腮，叹了口气。

“天大医院怎么会有四位副院长？我以为只有一位。”飞鸟把盘旋心头很久的疑问说了出来。

“如今有四五位副院长的医院多得很，说是便于提高运营效率。表面上似乎是这样，实际上呢，是为了缓解争抢正职的矛盾而增加职位。就像政府内阁一样，想当大臣的议员太多，只能不断增加大臣的职位。”

确实，现在名称不知所云的大臣是多了许多。

这时消化外科的一位副教授走过来，在飞鸟耳旁轻轻说道："大小路先生请你去他的房间。"

“有什么事吗？”

“去了就知道了。”

“这，我有点不方便。”

见飞鸟扭转脸，副教授朗声说道："吉泽小姐是不是误会了？大小路先生说，他先前提到过的一个悬而未决的问题，现在想出了解决的妙计，希望你去听一下，说这也和医疗危机有关。"

“是吗？”

飞鸟转头看了一眼梦野，见其还是手掌托腮若有所思的样子。她虽然心头掠过一丝不安，但转而一想，大小路应该不会胡来，便站起了身。

飞鸟很快来到五楼客房，大小路满脸堆笑地表示欢迎。矮桌上已放好了白兰地和水果。

“来，请那边坐。”大小路坐下后，让飞鸟坐在桌子对面，然后往酒杯里斟满白兰地，递给她，“来，喝酒。”

"谢谢！"飞鸟接过酒杯，放在了桌上，脸上露出僵硬的笑容，不容置疑地说，"我喝不了烈性酒。您说的悬而未决的问题，是什么？"

"别急嘛，时间有的是。"

"我还要回房间整理采访素材，没有太多的时间。这样吧，我明天再来拜访。"

"啊，不，你急的话，我就直说吧，就是上次说的手术部澡堂的事。"

又是澡堂！飞鸟转脸看向一边，吐了吐舌头。

"我想到了一个扩大澡堂的完美办法，你能猜出是什么吗？"

"不知道。"

"想想看？"大小路啜着白兰地，脸上露出得意的笑容。

虽然不情愿，飞鸟还是无奈地做了回答："是不是拆去个手术室当澡堂？"

"这怎么行！"

"关闭女澡堂，恢复原状？"

"那也不行。外科的女医生也要洗澡。"

呵呵，难得你还为女医生着想，飞鸟心里暗忖，然后迟疑地问道："难不成也像德富先生的教授室一样，澡堂里全都装上镜子，给人扩大的感觉？"

"傻瓜！这样一来，人坐在浴池里看着不是像癞蛤蟆了吗？更要急出一身热汗来了！"

"那，是什么办法呢？"

大小路再次将酒杯送到嘴边，煞有介事地说："拆去男女澡堂的隔墙，混浴啊。这样一来，不就恢复原来的样子了嘛！”

“啊，这也太过分了吧！”飞鸟不禁叫了起来。

大小路毫无愧色地继续说下去：“这有什么！欧洲的桑拿从前就是男女不分的。我在德国留学的那会儿，温泉疗养地的桑拿还是混浴呢！女人都是大大方方进去洗澡的。本来洗浴就是为了放松身心，还分什么男女界限。作为外科医生，女人也可以大大方方进来洗浴嘛。”

“可这里是日本。再说了，洗澡和桑拿毕竟不是一回事。”

“日本怎么了？江户时代的‘汤屋’不就是男女混浴吗？大凡想做外科医生的女人，骨子里就是个男人。你看看花田吧，像个女人吗？那粗大的骨骼怎么看都与女澡堂格格不入。她要是脱光了走进澡堂，有哪个人会朝她多看一眼呢？闭眼都来不及吧！所以，根本无须遮掩，澡堂也没必要一分为二。”

听着这种荒谬绝伦的论调，飞鸟真不知如何接话。大小路支起条腿来继续滔滔不绝。

“你可能不知道澡堂混浴是怎么一回事，所以听着有不快的感觉。其实混浴可以使人身心舒畅，有益健康。”

“先生洗过？”

“当然，你要不也试试？”大小路拉开房间里侧的纸拉门，透过暗淡的光线隐约可见有个四周围有岩石的温泉浴池。

“这是带房间的露天浴池。在这里一起入浴，谁都看不见。”大小路说着利索地脱下短上衣，朝飞鸟靠过来。

“请等……等一下！”飞鸟顿时慌了手脚。

“你参加这次旅行活动想必也有这个意思吧？从你到我这儿来采访，我就喜欢上你了。我相信，你也一定能接受我的爱意。”大小路色眯眯地进一步凑近飞鸟，口中呢喃道，“只一会儿，一起泡个澡而已，不做其他奇怪的事。一定。”

“不行！我最讨厌泡澡了。一接触澡水就会发荨麻疹，呼吸不畅，会有生命危险，所以医生叮嘱我不能泡澡。我妈妈也一再关照，在外不要泡温泉。”飞鸟胡乱地编了一连串理由，但大小路不为所动。

“别说这种话了。偷偷体验一下混浴有什么不好？那里光线昏暗，看不见羞耻的地方。我也看不见啊。绝对不会有事的。”大小路的眼里闪着异光，一双手朝飞鸟伸了过去，“求你了。我真的喜欢你。我愿意为你做任何事，可以帮助你采访，让其他教授配合你。我会尽力的。”他的手快要抓到飞鸟的胳膊了。

飞鸟跪在地板上，不住地往后退让，想赶紧站起身逃走。然而，大小路终于一把抓住了飞鸟的胳膊，将她推到墙角，双手壁咚，堵住退路。

“我爱你，真心实意地爱你！我也十分敬佩你的为人，所以……”大小路的脸凑了过来，很快就要吻上飞鸟的嘴唇了。

陷于绝境中的飞鸟突然闪过一个念头，呵斥道：“先生不怕我在选举之前揭丑？”

“什么？”大小路愣了一下。

“你再靠近，我就向媒体揭露先生的性骚扰丑闻，那些周刊记者也会闻讯而来。堂堂天大医院的院长候选人竟然对采访人动手动脚，那可是个不小的丑闻。”

“你，你怎么可以这样……”

趁着大小路僵在那里，飞鸟从他的双臂间挣脱出来。

“今天的事我只当没发生。不过，我绝不会忘记。”丢下这句话后，飞鸟奔出房间，连电梯都等不及，沿着消防楼梯飞步下楼。直到奔出酒店外，她还惊魂未定。

12

第二天一早，飞鸟借口有急事，连早餐都没吃就办了退房手续。她打车前往那须盐原站，然后乘坐新干线回到了东京。

大小路是个色鬼，我再也不想见到他！飞鸟心有余悸地想。巧的是，没过多久，报纸上登出了一则消息:《天都大学医院消化外科教授被诉性骚扰》。

据报道，有个医局女秘书受到大小路的性骚扰，被迫退职，随后提起诉讼，要求赔偿3 000万日元。看来，受害者并非飞鸟一个人。

报道说，去年，女秘书多次在教授室和出差地点的酒店遭到大小路的性骚扰，被抚摸大腿和胸部。

不缺地位、不缺荣誉、技术顶尖的教授为什么不怕因做出这种令人不齿的行为而失去一切？虽然是自作自受，但大小路怕是再也不会有出任院长的一天了。这对天大医院来说，究竟是好事还是坏事？

第三章

犬猿之仲

1

“啊，欢迎！请这边坐。”天大医院年轻的副院长鸭下彻微笑着将飞鸟请入自己的办公室。

将整形外科的鸭下彻教授作为《医疗危机的拯救者》的第三位采访对象，是飞鸟事先就定下的。才40来岁的鸭下，同先前采访过的循环内科的德富、消化外科的大小路不同，看上去似乎没有居高临下、不可一世的架子。

“吉泽小姐正在就医疗危机问题进行采访？这可是个说来话长的大问题啊。”

秘书递上咖啡后，他笑着说了声“谢谢”，动作轻快地啜了一口。一见面，鸭下彻就给飞鸟留下了极好的印象：他穿的运动夹克式白上衣很合身；说话直率却又圆通周到，不得罪人。

“鸭下先生被认为是少壮派的改革带头人，您对未来有什么期望呢？”

“首先当然是要理顺医院内部的体系。现在的大学医院都是病人治疗和医学研究合在一个医局中进行，工作效率难以提升。医疗和研究理应分属两个层面。我认为，天大医院应该走在前头，率先引入新型医疗体制。”

这倒是个让人耳目一新的见解。确实，大学医院的医疗和研究都是合在一起，贪大求全的结果，往往就是什么都做不好。

“大学医院最大的毛病就是什么都不想放手，治疗、研究、教育，从预防医学到地区医疗，都想抓在自己手里。很多人以为，大学医院处于医疗机构的顶端，它无所不能。其实，这种把大学医院当成航母的观念已经陈旧过时了。”

出生于大阪的鸭下操着一口浓重的关西口音侃侃而谈。他的想法有的虽然比较超前，但都有一定道理，想必能在年轻医生中引起共鸣。

“鸭下先生刚才说的改革设想，会遇到很多反对意见吧？”

“是啊。对我们这些年轻医生的大胆设想，那些高高在上的权威肯定会摇头皱眉。但是，时不我待，再磨磨蹭蹭的话，日本的医疗可真的是没救了。当然，最后倒霉的还是病人。”

看来，在鸭下心里，病人至上的观念还是很强的。不容飞鸟多想，鸭下又像汽车提速般滔滔不绝地说下去。

“首先必须要打破内科和外科的霸权主义。追根溯源，造成今日日本医疗危机的，就是内科和外科。两者置医疗平等于不顾，拼命扩大自己的势力范围，互不相让，让本就弱势的其他科没有立足之地，破坏了医疗平衡。你知道他们是怎么说整形外科的吗？说什么，整形外科只是个无关生命、工作轻闲的科。”

大小路倒是真的说过这样的话。飞鸟像是突然想起什么似的问道："应对医疗危机，好像已故宇津津院长也提出过措施，是吧？"

"嗯？哦，你是说宇津津先生？他所谓的措施只是空谈，没有任何现实意义。"

"是吗？听说他为连任下届院长，积极性是很高的。"

"这个，怎么说呢？只能说是自以为是、一意孤行吧。宇津津先生原先在急救部，在院内的威信虽然不怎么样，却喜欢做些徒有其表的漂亮事。所说的话也有点异想天开的味道……"

鸭下刚才还口若悬河，现在却一下子吞吞吐吐起来。见飞鸟纳闷的样子，他眼角堆起密密的皱纹，脸上露出讨好般的笑容，说道："有关宇津津院长的事就说这些吧。刚才说了，内科和外科的那些家伙看不起整形外科，这真是大错特错。随着医学越来越发达，很多疾病都变得容易治疗了，不管内科也好外科也好，它们在医院中的地位必将不断下降。但是，整形外科不同，人不可能不受一点伤吧？再进一步说，随着社会开始进入老龄化，患关节病和步行困难的人会越来越多，能为这些人解除痛苦的，唯有我们整形外科。我们可以为高龄老人改善关节和肌肉，让他们行动自如起来。只有整形外科，才是未来社会不可或缺的。"

鸭下的这番论调，活像是在找碴儿与内科和外科打架。

"你也知道，天大医院不久就要进行院长选举，不用说，我也是候选人。院内有不少支持我的教授，他们都与我志同道合。我正在设法将他们组织起来，建立一个'反内科外科联盟’。”

“他们都是哪些科的教授？”

“有泌尿科的香澄清教授、儿科的鬼怒川岩教授、妇产科的本间达男教授。对了，你想不想听听他们的故事？听了你就会明白，内科和外科在院内有多霸道。”

鸭下说着就拿起办公桌上的内线电话，也不顾飞鸟是不是愿意。在将三位教授约好在医学研究楼的接待室见面后，他就立即催着飞鸟一起离开了办公室。

2

接待室在医学研究楼的顶层。在大厅等候电梯时，鸭下像是看见了什么，突然后退一步，然后拿出用于院内联络的“小灵通”大声叫道：“喂，快来人哪，这里有烟蒂！”才一会儿，就见两个年轻医生拿着塑料袋和垃圾钳子一路小跑着过来。

“在那，快捡起来。”

一人用智能手机拍了照后，另一人便小心翼翼地将烟蒂捡起放入塑料袋。

“看上去像是刚刚丢下的。赶快寻找目击者！另外，检查一下监控摄像头，一旦发现可疑者，立即进行DNA鉴定。”

“明白。”

“发生什么事了？”飞鸟问道。

“天大医院的所有地方都禁烟，可还是有不守规矩的人。这是绝不允许的！”鸭下用严厉的口吻说道。

“您厌恶吸烟？”

“是啊。再没有比香烟更危害健康的东西了！既污染空气，又散发有害物质。这种东西应该和毒品一样，被立法禁止。”

看来，鸭下还是一个激进的禁烟人士。

位于顶层的接待室四周是雪白的墙壁，正面挂着一幅巨大的富士山绘画。鸭下在最靠里的沙发上坐下，飞鸟坐在他旁边。应邀的三位教授进来后，鸭下向大家介绍飞鸟。

“吉泽小姐正在就医疗危机的问题采集素材。所以我想请大家来说说我们医院内科和外科的霸道行径，因为这两科的人正是造成医疗危机的罪魁祸首。”

首先开腔的是泌尿科的香澄。

“泌尿科也要做手术，可以说是隶属于外科的，但我对消化外科的大小路医生很有看法。”香澄肤色白皙，长相清秀，头发梳得纹丝不乱，很有绅士模样。他身穿浆洗得笔挺的白大褂，人如其名，给人整洁的感觉，但好像也有满腹牢骚。

“你知道大小路医生背后是怎么说泌尿科的吗？说是专门与下体器官打交道的肮脏的科！”

没错，飞鸟也听说过。

“确实，泌尿科会接触到尿液，但尿液是十分干净的。吉泽小姐，你知道尿液是怎么来的吗？”

见飞鸟摇头，香澄来了精神，亢奋地说道：“尿液来自血液。血液经过肾脏过滤后便成了尿液，所以它完全是无菌的。手上沾上尿液无须洗手。说起来，尿液还可以用来洗脸呢。”

这个……是不是有点过分了？飞鸟心里嘀咕着。可香澄正说到兴头上。

“做尿路结石的手术时，如果有尿液漏入腹腔内，谁都不会在意，因为它是无菌的，不会引起感染。但粪便就不一样。粪便的主要成分是肠内细菌的尸骸，当然还有大量活着的细菌。所以，手上若沾上了粪便，光靠清洗是不够的，还要进行严格的消毒。在消化道手术中，如果肠内的粪便不小心落到腹腔内，不进行彻底的消毒，就必定会引起腹膜炎。与这种灌满污秽粪便的大肠和直肠打交道的消化外科教授，居然把我们泌尿科说成肮脏的科，真让人无语。”

香澄的声音带着哭腔，另两位教授也一脸同情地不住点头。香澄进一步提高声调说：“可见，肾脏是一个过滤血液、排泄废物的脏器，与肾脏打交道的泌尿科是从内里清洁身体的科。而消化外科呢，不就是一个整天捣鼓‘粪囊’的臭科吗？”

“就是呀！”

“大小路是个不可原谅的傲慢家伙！”

左右两人纷纷附和，但香澄说到这里却露出垂头丧气的样子。

“可是，大多数人，可能还包括你吉泽小姐，却不这么认为。尿液是无菌的，粪便是细菌的团块，只是因为排泄口相近的缘故，大家都合称为‘粪尿’‘大小便’，将它们当作同类看待，这真让人情何以堪！你若真是个创作非虚构作品的作家，那就希望你能多向社会传播正确的科学知识。尿液和粪便是根本不同的两种物质，粪便是污秽的，尿液是干净的。与尿液打交道的泌尿科比与粪便打交道的消化外科，不知要干净多少倍！”

“说得没错。”儿科的鬼怒川接话道，“内科和外科那些人利用人们的无知，贬低泌尿科。其实我们也是受害者。儿科和妇产科由于患者有相似之处，所面临的困境是一样的。”

“请详细说说。”

长着一张兽头瓦似的脸，让人无法相信这是位儿科医生的鬼怒川继续说道：“比如大家都会认为，喜欢孩子的人最适合做儿科医生了，其实并非如此。你要知道，那些让人怜爱的孩子可是在癌症或其他疑难杂症的折磨下一个个死去的呀。眼睁睁地看着这些天真无邪的孩子遭受病魔的吞噬，在痛苦中挣扎着结束短暂的生命，那情景，对于一个喜欢孩子的医生来说，在精神上该是多么痛苦。”

确实，同样是死亡，相较于成人或高龄老人，幼小的孩子更让人难受。

“可是那些内科和外科的家伙，将这种内在的隐情在医学生中大肆宣传，说是再没有比看着孩子死去更令人难受的事了，吓唬那些原本想当儿科医生的学生。除了这话之外，还有什么孩子不会自述病情，确诊难度大；孩子会哭闹，听诊是件头疼的事；为孩子注射、摄片，要让其安静下来不容易；其他的科只要对付患者就可以了，儿科还要应对家长，更累得够呛；有很多家长会歇斯底里、过度担心、要求过多，不允许有一点点差错，稍有差池就说是医疗事故，要打官司；儿科医生值夜班不能躺下，得像24小时便利店一样，因为有的家长孩子稍有点病就会送医院；溺爱孩子的家长会喋喋不休地说着忧虑的话，你得耐着性子听完……诸如此类，不一而足，目的就是要让医学生远离儿科。”

鬼怒川从直领式白大褂伸出活像石臼的粗颈，喋喋不休地说着。确实，这么一吓唬，再怎样喜欢孩子的医学生也会对今后要不要做儿科医生犹豫不决。

“尽管这样，我还是喜欢做儿科医生。孩子体轻，移送病床或手术台省力；孩子皮肤干净，身上不仅没有‘加龄臭’，还有一股好闻的甜酸香味；孩子拉的便便也不怎么臭。成人的大便那个恶臭，啧啧。有些人随心所欲地吃一些有害健康的东西，吃出一身的脂肪、酒精、碳水化合物，整个人儿就是一块肮脏、放纵、贪欲的疙瘩。这种人即使生了病也没有任何治疗价值。我厌恶成人。成人狡猾、无耻、贪婪、自以为是，相比之下，孩子是纯真、无瑕的。只有孩子才是未来之宝；只有拯救孩子的儿科，才应该置于医疗的中心位置。”

“由此说来，”妇产科教授本间接住话头道，“我们为生产孩子的妇女诊病的妇产科，也就自然而然地变得重要了。可是，社会上对我们妇产科医生却有着根深蒂固的误解和偏见。比如，妇产科医生都喜欢女人，说得明白点，就都是色鬼。”

“没有的事。”飞鸟像是自己受到责问似的摇着头。

本间头发稀疏，鼻梁上架着一副圆框眼镜，两嘴角呈一直线状，一脸严肃地继续说道：“确实，妇产科医生会诊治女性的生殖器官，每天总要为几个女病人诊察那个十分隐秘的部位。有些男人或许会十分羡慕，这实在是个误解。其实，那是因为女性生殖器官太过隐秘，才让它有了诱惑力。在大白天的诊察室里，灯光照耀之下，别说隐秘了，还要最大限度地暴露在外，那就根本感觉不到有任何诱惑力了。你是女作家，不知在你面前说这话是否妥当——真实的女性生殖器官并无美感，那只是个适合在幽暗之处偷偷观看的器官。男人想看女人的性器官，那是因为一般情况下他不易看到。脱衣舞女表演时欲露还遮，也是这个原因。”

“可现在网上这样的图片多得很。”

“男人不会满足于看图片，认为没有真实感，他还是想看真实的。为看到女人的生殖器官，男人会开动自身的心理防卫机制，但妇产科医生却不想看也得看。不管眼前呈现的是什么状态的，他都得直面。”

本间在叙述时故意将描述部分含糊其词地表达，当然，飞鸟也不会去问清楚。

“那些内科和外科的人也在医学生面前说妇产科的坏话，意在打消原先想当妇产科医生的人的念头，这和儿科是一样的。他们说什么孕妇不知什么时候临盆，所以妇产科医生无法得到充分的休息，也不能悠闲地喝酒；外界都认为妇女生产没什么大不了，所以一发生点什么事就会立即提起医疗诉讼；孕妇的那个部位和动物没什么两样，妇科检查很臭，你的手总也洗不干净；有的不懂礼貌的人看病前一夜还过性生活；妇产科医生会遇到患衣原体、尖锐湿疣、念珠菌阴道炎、巨大子宫肌瘤、子宫脱落、外阴癌等可怕疾病的病人，你想躲也躲不掉，等等，诸如此类的言论让医学生对妇产科心生厌恶之情。”

一旁的飞鸟听了顿觉浑身不适。本间大概已有所察觉，不动声色地变换了话题。

“但是，助产是自古以来延续至今的神圣职业，也能给人带来瞬间的喜悦。顺利产下婴儿的母亲会露出幸福的笑脸，那笑容洋溢着最原始的爱和美。就算是世上的疾病都被攻克了，产科还是少不了。只要有生产，就少不了我们。”

飞鸟想，类似的话好像鸭下也说过。这时，年轻的副院长开始概括刚才三位教授的发言。

“由此我们应该明白，与生产有关的妇产科，为寄托着日本未来的孩子治病的儿科，净化血液、从内部清洁身体的泌尿科，还有帮助老人自立、身体老迈仍能行动自如的整形外科，这四个科应该成为新型医疗的中坚。为此，也就有必要将内科和外科——可称之为造成当今医疗危机的罪魁祸首——驱逐出去。”

“这样的话，是不是还应该联合其他的科一起斗争？比如眼科、耳鼻喉科、皮肤科……”

飞鸟觉得，这个推论该是顺理成章了，但她话还没说完，现场的气氛就一下子变了。

只见鸭下突然双手拍着桌子说：“与眼科一起？开玩笑！”

不知哪里惹他不快了。飞鸟一头雾水，愣住了。

3

这时，泌尿科的香澄轻咳一声，缓缓说道：“吉泽小姐不太了解我们这里的实情，也是情有可原。刚才你说的几个科都与我们四个科处于不同的立场。内科和外科就像正在下沉的船，不理它们也会没落下去。其结果，就像刚才鸭下先生说的，我们会成为医学界的中坚力量，也就没有必要去帮助像眼科和耳鼻喉科这样弱小的科了。”

儿科的鬼怒川接着补充道：“它们的地盘是很小的。眼科只管眼睛，耳鼻喉科专治耳朵、鼻子、咽喉，总之也就是头颈以上的范围。至于皮肤科，做的只是抚摸覆盖人体表面的那张皮而已，说起来和牙科差不多，危及性命的病不多见，被紧急呼叫的情况也很少，属于比较轻松的科。”

“对，”妇产科的本间接住话头，“这些都是趣味性的科，只针对身体的一个部分，不会去从人的全身考虑问题。这些科的人甚至不需要做解剖实习，因此，他们往往缺少全局性视野，不可能和我们在一个水平上去作斗争。”

眼前的这些人一方面对内科和外科小瞧其他的科持批判态度，另一方面，自己也在毫不留情地做着相同的事。难道他们没有觉察到这一点？飞鸟想改变一下话题走向，便委婉地说："眼科的百目鬼先生和鸭下先生一样，也是副院长，他应该有相应的发言权吧？"

眼前的三位教授听了一齐扭过脸去，边上的鸭下也气得涨红了脸。

"吉泽小姐，可能你不知道吧，那个叫百目鬼的家伙，作为一个医生，不，作为一个人，简直快要触及底线了。这可恶的老头为人阴险，性格阴暗，还傲慢得很。他以白内障手术为手段拼命搜刮病人的钱财，开口闭口医院收益、经济贡献，常将钱字挂在嘴上，是个十足的守财奴。这人特权意识特别强，我早就看出他不是个好人！"

"哦？"

"记得我刚晋升为教授的时候，特地去找他打招呼，竟然遭到冷遇。我作为整形外科的教授，向一个只诊治眼睛的眼科医生致意，可谓礼貌周全，他却如此粗鲁无礼。"

整形外科和眼科有这种等级差别？百目鬼61岁，比48岁的鸭下大了一轮以上，是长辈。百目鬼不理睬，会不会是因为鸭下盛气凌人的态度？

"这老家伙简直就是天大医院的大恶人。有一次我去病房大楼，正要上电梯，已在电梯里的老家伙赶紧按关门的按钮。还有一次，医院停车场停满了车，我正等着一辆车驶离，没想到那车刚开出，就有另一辆车抢在我前面驶入车位，定睛一看，是百目鬼！这老家伙一大把年纪了，却开着一辆红色的阿尔法罗密欧跑车，你说可笑不可笑？真是老不正经，敢情是脑子有病！哼——”鸭下越说越气，鼻腔里发出一阵犬吠般的哼哼声。

“鸭下先生，医院新年聚会发生的事也气坏你了吧？”

“对，对。”香澄一提醒，鬼怒川和本间也点头附和。于是，鸭下扭歪着脸说了起来。

“那次新年聚餐是在帝都酒店举行的中式冷餐会。吃到后来，只剩一只清水煮鲍鱼时，我正要搛着吃，谁知百目鬼这个老家伙也看上了，大声嚷道，‘这只鲍鱼是我的！’我假装没听见，不理他。那个恶老头竟然故意把酱油溅到我的领带上。难以置信吧？这可是堂堂天都大学医学部教授做出来的事。”

的确难以置信，却好像真有这么回事。一旁的三位教授都摇头叹息道：“太过分了！”

“当时，我就把那只鲍鱼扔在地上，说，‘你要吃，你就去吃吧！’谁知老家伙涨红着脸随手拿起个烧卖扔了过来。我气坏了，扳下龙虾的大螯就去夹他的鼻子。老家伙居然抓起一把炒饭扔过来。我怎能认输？连忙用鸡蛋挂上鱼翅羹还击。没想到老家伙身手敏捷得不像个老年人，竟然躲开了，还伸手去拿春卷。我见状也去抓一旁的烤鸭。这时候，大家都来劝架，老家伙在眼科那帮人的搀扶下一副要哭的样子，大声嚷嚷道，‘你干吗都挑价贵的东西扔？多可惜啊！’这下便暴露了他天生的穷命，当众出了丑。所以这次斗争是我胜利了。哼——”

鸭下说完，又发出犬吠般的哼哼声，另外三个人随即鼓起掌来。鸭下抬腕看了看手表，站起身说：“大家一定也很忙，今天就到这里吧。”

“看来，鸭下先生和百目鬼先生关系十分紧张。”走出接待室的时候，飞鸟嘴里嘀咕了一句。

香澄回头用手指挡在嘴前，小声说道：“岂止关系紧张，他俩就像俗话说的，是‘犬猿之仲’！”

4

结束对鸭下的采访后，飞鸟便直接去延明出版社，向图书出版局的保利部长汇报采访经过。

听了汇报后，保利绝望地叹了一口气，似乎对接下去的工作失去了信心。

“整形外科的鸭下和眼科的百目鬼关系这么紧张？看来，作为下届院长选举的竞争对手，两人在不遗余力地拆对方的台呀。”

“是啊，两人的行为简直不成体统。”飞鸟郁闷地说。

保利轻靠在椅背上，面有难色地摇了摇头，“那，你觉得这次院长选举，四位副院长中谁胜选的希望最大？”

“这我也不清楚。循环内科的德富任副院长的时间最长；消化外科的大小路是外科的第一把刀；整形外科的鸭下作为改革派的旗手在年轻医生中很有威望；而眼科的百目鬼呢，虽然他的科小得不起眼，但他是最年长的副院长，还是医院创收的大户。”

“大小路前些时候被曝性骚扰，这次可能有点悬了。”

“不，那是他的计谋。听说他会以损害他人名誉罪提起反诉，力求胜诉。”

“还真倔强。”

“每个教授都在信口攻讦旁人，只认为自己是最了不起的。照这个样子看，什么解决医疗危机问题，简直是梦想。”

“从没遇到过哪怕是一个人，是真正在思考日本的医疗危机问题？”

“医学部长、麻醉科的梦野教授也许靠谱一些。麻醉科不太容易卷入医院的派系斗争，梦野本人对医疗秩序濒于崩溃的现状也有着强烈的危机感。”

“麻醉科教授？哦，靠得住吗？”

看到保利紧锁眉头，飞鸟反问道：“麻醉科怎么了，你这不是也有偏见吗？梦野可是一位很厉害的教授。”

“那最好。对了，医学部长和院长，哪个更有权？”

“不清楚。好像分管的范围不一样。医学部长是医学部的领导，而院长是大学医院的负责人，说不上哪个职位更高。只是，医学部的教授和大学医院各科的科主任常常会互相兼任，所以外人很容易把这两个不同的组织搞混。”说完这些，飞鸟放低声音道，“还有一件事，我采访的这几位副院长都有个奇怪的地方。”

“什么？”

“除了眼科的百目鬼先生还没有接触，其他三位，只要我一提到宇津津院长的事，他们就会露出惊慌失措的样子。”

5

几天后，飞鸟接到鸭下的电话，说下星期六有医生的婚礼宴会，是个采访的好机会。

“吉泽小姐，你若是想以天大医院为素材创作非虚构作品，那就不仅要进行面上的采访，还应该看看背后的原生态实情。新郎杉井信治郎是我们整形外科的运动康复专家，新娘西上庆子则是同为天大医院的眼科医生。”

一对冤家对头的部下要结成亲家？飞鸟将信将疑地问道：“您也赞成这门亲事？”

“为什么不？不是应该祝贺吗？我们有了眼科的医生做媳妇，就等于开辟了一条畅通的信息渠道，可以从内部攻破敌人的堡垒。眼科就像是个敌对国，最容易从内部攻破。”

那反过来不也是一样吗？不容飞鸟多想，鸭下继续说道：“婚宴上你能一睹天大医院的本来面目，也可以明白，原来眼科是个如此奇葩的集体，所以你务必要来。”

“好的。谢谢您。”虽然飞鸟似乎嗅到了一丝凶险的气息，但她还是应诺会出席的。

6

杉井、西上两位医生的婚礼在与天大医院素有因缘的帝都酒店举行。

走进接待厅，一眼就可看出，出席婚礼的客人泾渭分明，且互不搭话。整形外科一边都是人高马大的男人，眼科一边则以化妆完美的女医生最为惹眼。飞鸟一边感受着如同冬天鄂霍次克海一般的寒意，一边寻找座位。麻醉科的梦野坐在自动扶梯一侧的椅子上，双眼微闭，像是正想起什么滑稽的事在憋着笑。

飞鸟走上去打招呼："您好！"

"啊，吉泽小姐。你也应邀出席？坐，坐！"

飞鸟便趁势在他旁边的椅子上坐下。

"听说鸭下先生和百目鬼先生两人的关系势同水火，今天的婚礼不会有事吧？"

"我也在担心呢。虽说为了避免医疗危机，天大医院的人应该团结起来，共同推动改革……"

看来，梦野一直在思考医疗危机的问题，但他的表情却不见有沉重感。

“不好意思。请问刚才看见您一个人在偷笑，是想起了什么好笑的事吗？”

“啊，献丑了！其实，刚才我是沉浸在相声的妙趣中。新宿的末广亭、上野的铃木演艺场你一定要去看看，那里的相声实在棒，可以让你暂时忘却尘世的烦扰。演员用冷笑话逗笑你，然后说一句：‘嘿，往后请多关照！’一闪身便下了台。那个潇洒劲儿惹得我也跃跃欲试。”

梦野说话的样子看着活像个艺人。他内心里一定是积攒了太多的压力。

“鸭下先生和百目鬼先生好像还没到。”

“我看见百目鬼先生刚才进了会场，大概是去检查会场了。啊，他出来了。”

只见会场的门里走出一个身穿无尾晚礼服的高个子白发男子，对属下做着什么指示，然后一屁股坐在了沙发上。

“您能不能给我引见一下？我还没见过百目鬼先生。”

“行！”

梦野爽快地站起身，朝百目鬼走去。他正要搭话时，只见宴会主管慌里慌张地跑过来，冲百目鬼不住地低头致礼。

“对不起！是我们酒店考虑不周。”

“太不像话了！”百目鬼双手叉在胸前吼道。

梦野连忙上前询问：“发生什么事了？”

“刚才检查了一下会场，发现有张桌子上竟然放着烟灰缸。这连窗户都没有的空间里能吸烟吗？这酒店，哼！”

宴会主管嗫嚅着辩解道：“是这样，客人当中有人提出需要烟灰缸，我们犹豫了一下，便决定只在那人的桌子上放一个。”

“混蛋！可烟雾不会只停留在他一个人的座位上，烟味一飘散，桌上的菜不是全被糟蹋了吗？！”

“对对对，我马上让人给撤了，请您原谅！”宴会主管连连道歉后返回会场。

百目鬼还是一副余怒未消的样子，梦野毫不在意地说：“百目鬼先生，给你介绍一下，这位是非虚构作家吉泽小姐，她正在为创作以医疗危机为主题的作品，对天大医院的专家进行采访。”

“我叫吉泽飞鸟，请多多关照！”飞鸟恭敬致礼道。

百目鬼斜眼瞥了一眼飞鸟，皱紧眉头，“你是按着顺序在采访副院长，是吧？为什么把我放在最后一个？”

“啊，这个……”被这么突然一问，飞鸟有点不知所措。

“德富和大小路也就算了，可为什么还要把我排在鸭下后面？你把眼科看在整形外科之下？”

“不，不！只是因为恰好先联系上鸭下先生……”飞鸟诚惶诚恐地竭力解释。

没想到百目鬼一下又变得宽容起来。“算了，你也有自己的安排。不过起码的道理还是应该懂的，对吧？”

“明白了。对不起！”飞鸟再次深鞠一躬后才离开。梦野安慰她道：“不用担心！百目鬼先生心里也明白，在院长选举的当口，媒体的影响力很重要，他不会对你怎样的。不过，为一个烟灰缸发这么大的火，也真是没必要……”梦野无奈地苦笑了一下，重又在自动扶梯旁的椅子上坐下。

7

婚礼举行的时间快到了，客人开始陆续走进会场。会场桌子的摆放，除了中间是主宾席外，右边是给整形外科的，左边则是给眼科的，两方对峙。飞鸟被安排坐在中间主宾席梦野的旁边。

客人落座后，担任主持的两名年轻医生拿起了麦克风。场内整体给人的感觉是，整形外科都是些能说会道的关西男，眼科则是一些为人强势的东京女，两边暂且还算相安无事。

“现在请新郎新娘入场，大家一起鼓掌！”两名主持人高声喊道。

在酒店礼宾员的引导下，身着盛装的新郎新娘步入会场。新人绕着男女双方的客人转一圈得花上不少时间，飞鸟渐渐觉得鼓掌的双手有些吃不消了。

“接下来，让我们请新郎一方的主宾致辞！”整形外科的男主持人宣布，然后用浓重的关西口音介绍了一番鸭下，右侧响起了响亮的鼓掌声。鸭下用他天生的爽快劲儿面对全场说起话来。

“新郎杉井君作为运动康复的专业人士，是位崭露头角、充满锐气的医师。他也擅长为职业运动员治疗，因而对于新娘庆子来说，获得著名运动员的签名照之类简直不算什么事儿，甚至还有一起用餐的机会。拥有这样的幸运定会让朋友们羡慕得不行。所以说，你是找了一位好夫君啊！”

他用施恩于人、要人领情的口吻说完后，将话题转到整形外科上。

“大家知道，整形外科治疗范围很广，一个人从头顶到脚底，所有的骨骼、关节、肌肉都是它的治疗对象。一些只会治疗个别脏器，在极小范围内玩玩雕虫小技的医科与它简直不可相提并论。日本正在进入超高龄社会，高龄老人自立变得越来越重要，而自立的前提是自如行走。整形外科关注的就是高龄老人的行走和活动能力，为他们提供保障。换句话说，整形外科是支撑日本未来的医科。”

右边响起了热烈的掌声，甚至还有人吹起了口哨，而左边的人脸上则明显流露出不快的神情。为了缓解左边人的愤懑情绪，缓和气氛，眼科的女主持人直截了当地说：“鸭下先生，谢谢您刚才那一番自卖自夸式的演说。接下来让我们请新娘一方的主宾致辞！”

话音刚落，左边响起了掌声，百目鬼缓步走向麦克风。

“新娘庆子是准分子激光原位角膜磨镶术的专业医生，医术精湛。她若将来自开诊所，前来求诊的病人必定排成长龙。准分子激光原位角膜磨镶术属于高费额治疗，所以毫无疑问，她的收入比那边的公职医师不知要高出多少倍。希望新郎从现在起就要有所心理准备，即使妻子比自己会赚钱，也绝不要嫉妒。那么，经济上无后顾之忧，家庭生活得到保障，新郎岂不是找到了一个称心如意的好妻子吗？”

那口吻显然也是要人知足感恩。然后，百目鬼也不怕惹人厌烦，喋喋不休地说起了眼科怎么怎么重要。

“眼科绝不是治个眼睛那么简单。眼底的血管反映了人的全身动脉硬化状况。诊治眼底，还可以预防心肌梗死、脑梗死等性命攸关的疾病。在日本这个超高龄社会，有很多患有眼疾的高龄老人，除了白内障、青光眼、视网膜脱落等疾病外，还有眼底出血、老年性黄斑变性等。你身体再灵活，眼睛看不见，还不是等于零。那才是眼前一片黑暗啊！”

左边响起了一片叫好声，右边则像灵前守夜般寂静无声。

百目鬼讲完话后，整形外科的男主持人貌似恭维，实则轻蔑地说：“刚才的致辞真是比关西人还有趣啊！太谢谢了！先生退休后去做个艺人一定很受人欢迎。”

一阵“干杯”声后，新郎新娘的高中班主任被请上了台。没想到，这对新人不但是大学同学，还是高中同班生。

班主任一脸紧张地站在麦克风前，说道：“杉井君、庆子小姐，恭喜你们喜结良缘！值此良辰吉日，也请允许我向双方家人致以诚挚的祝贺！”

也许是刚才剑拔弩张的气氛太紧张了，班主任这番老掉牙的客套话竟有一种让人说不出的安心感。班主任一再强调，眼前的这对新人在高中时就是学业优秀的尖子生。他最后朗声说道：“来，让我们一起举杯，为他们祝福！”

“两大阵营”齐声应和。随着新郎新娘一起切下喜庆蛋糕，丰盛的婚宴开始了。

8

新郎新娘为换装退场后，新郎的父母来到梦野身旁。长着一双狐狸眼的新郎父亲一边为梦野倒着啤酒，一边在他耳边轻声道："说这话大声不得。杉井的亲属，包括我，有不少是整形外科医生，可女方是个眼科医生，这实在有点那个。只会治眼睛的人算不得够格的医生。再说，干眼科的常要给眼睛打针，这太恐怖了。听说做手术时为了不让眨眼睛，还要使用固定眼皮的器具，有的眼病还要剜去眼球，这听着好残忍啊，光是想一想就让人不寒而栗。"

"哈哈哈哈。"梦野不置可否地干笑了几声。

接着，新娘的父母也走了过来。这次是长着一张狸猫脸的新娘母亲拿来了葡萄酒，梦野见了连忙喝干酒杯里剩余的啤酒。新娘的母亲一边手势优雅地为梦野斟酒一边说："庆子是我引以为傲的女儿，不是我做母亲的自夸，这孩子可是受着良好的家教长大的。现在我不放心的是，对方是个整形外科医生。他们是靠蛮力干活的吧？什么牵引啦，石膏固定啦，做手术用的都是榔头、凿子之类的工具。听说糖尿病人若要截去腐烂的脚，他们就用铁棒固定住病人的背脊骨，用锯子锯断骨头。多野蛮啊！这是把人的身体当什么了呀？太可怕了！”

“哎呀，简直……”梦野嘴里含着一口酒含糊其词道。过了一会儿，他回头一看，“狐狸眼”和“狸猫脸”正满面笑容谈得亲热。

“你女儿如此完美无瑕，信治郎真是天下第一幸运儿。”

“你儿子前途无量，庆子才是世界上最幸福的女人。”

“儿媳是眼科医生，将来眼睛有疾就不用担心看病啦，哈哈哈哈！”

“有个整形外科的女婿，也不怕什么腰腿病啦，呵呵呵呵！”

这是狐狸和狸猫在互相忽悠吗？飞鸟看得目瞪口呆。

新郎新娘换装还没出场，为了不致冷场，男方主持人又拿起了麦克风。

“趁着新郎新娘换装尚未出场的间隙，劳烦各位再听我说几句。有个叫藤枝静男的作家大家应该知道吧？这人原本是位眼科医生，1968年，他的小说《空气头》获得了艺术选优嘉奖的文部大臣奖。”

一开始还以为他会赞赏一下眼科出道的作家，没想到他接着用逗人的口吻说了起来。

“《空气头》其实是一部异想天开的‘便便小说’，说的是主人公为了征服情妇，钻研中国古代医书，收集了大量人粪后进行提炼，然后服用其中的提取物。后来，他的情妇身上也散发出了粪臭味。小说中还有诸如在眼球下插入管子，向脑中输入空气来治疗精神躁动之类的情节，让人感叹这眼科医生的脑洞真够大的，真没想到居然还有这样的私小说。”

“右侧阵营”爆出一阵笑声，女方主持人随即强烈反驳。

“等等，你只是说了其中的奇特情节。藤枝静男除了获得艺术选优嘉奖外，还获得过谷崎润一郎奖和野间文艺奖，是一位很了不起的作家。说起作家，整形外科也出了个了不起的作家。”女方主持人用挑衅的口吻笑道，“没错，就是大名鼎鼎的渡边淳一先生。他有个性爱大师的头衔，特别好女色，什么《失乐园》《爱的流刑地》，尽是一些违反公序良俗的小说。这两部作品都在报上连载过，听说那时候有不少人一大早就等着读性爱大师的色情小说。”

“色情有什么稀奇？随处可见！色情不也是与人类起源相关的文学一大类别吗？更别说《失乐园》是一部销量达到300万册的超级畅销书，与藤枝静男的变态‘便便小说’简直有天壤之别。”

“别开玩笑好不？藤枝静男可是纯文学作家。再说，同样是医生，他服务病人的时间也远比渡边淳一长。”

“渡边淳一在大学做讲师，与开业医生完全不一样。”

“可他不是80岁就死了吗？藤枝静男可活到了85岁。”

“活得长就了不起了？渡边淳一有大批女粉丝，札幌还有他的文学纪念馆呢。”

“要说纪念馆和畅销书，塑造了夏洛克·福尔摩斯这一形象的柯南·道尔就是位眼科医生。整形外科医生中有世界级作家吗？没有吧！”

眼看着这口水仗越打越厉害，宴会主管只得上前与他们耳语几句，两人这才清清嗓子停止了舌战。

“换装就绪的新郎新娘就要登场了，让我们再次鼓掌欢迎！”

9

一身簇新穿戴的新郎新娘开始为来宾举行燃烛礼，在各个宾客的桌上点亮蜡烛。当梯台上高塔一般的蜡烛点亮之后，宾客桌上的菜肴还没撤下就已送上了餐后甜点和咖啡。

“接下来由年轻医生们表演精彩节目！第一个节目是由新郎的后辈表演的《整形外科奥德赛》，有请！”

男方主持人话音刚落，灯光变暗，理查德·施特劳斯《查拉图斯特拉如是说》的庄严旋律便响起。聚光灯照在舞台一侧，映出一个套着大腿骨形状卡通服装的医生人影。当舞台两边身穿黑衣的医生将“大腿骨”高高举起后，那腿骨在空中又换装变成了一艘宇宙飞船。此时，音乐也换成了电影《2001太空漫游》中的旋律。这一表演意在说明，与人骨打交道的整形外科，未来技术的发展能通达宇宙。

灯光亮起之后，舞台一侧又出现了一个机器人打扮的医生。这人学着机器人走路的样子来到舞台中央，另一个戴着白手套的医生指着“机器人”说：“这是我们天都大学整形外科与未来工学中心合作研制的机器人套装。”在介绍了一番机器人套装的动力部件、控制装置和重力传感器后，“白手套”又说，“现在让我们来见识一下机器人套装的神奇。”只见两个黑衣人抬着个看上去很沉的“草包”走上台，“机器人”动作夸张地要接过“草包”举起来。就在全场响起一片掌声时，黑衣人突然放手，所有人都倒在了地上。

“真不好意思！其实机器人套装的威力并不是这样的。”“白手套”刚说完，舞台一侧便走上一个身穿灰姑娘长裙的男医生。穿着机器人套装的医生用双手轻轻抱起“公主”。

“穿上机器人套装后，不管多大年纪，都能将爱妻抱起来。杉井先生、庆子小姐，祝你们白头偕老！”

会场的右边被笑声和掌声淹没，而左边则为冷漠气氛所笼罩——“什么玩意儿！”

“刚才，整形外科的朋友又表演了他们自卖自夸式的滑稽节目，谢谢！接下来该由我们眼科医局引以为傲的吉祥物‘眼球女孩’登场了，大家鼓掌欢迎！”

会场后方的门一打开，身穿眼球卡通装的五位女医生便挥手走了进来。直径约一米的球体上，前面有黑眼珠，眼白四周伸出手脚和头。

“信治郎先生、庆子小姐，‘目出度’（日语“祝贺”之意）！”她们特意强调了个“目”字来表示祝贺。

接着，最靠右的“眼球女孩”拿起了麦克风。

“请允许我们依次为新郎新娘说一句道喜的话。由我先来。新郎信治郎先生选择眼科医生做自己的伴侣，真有眼光！”

第二个“眼球女孩”接着说：“刚才的‘眼’字用得太妙了！庆子小姐是个读书过目不忘的才女，所以她定能慧眼识人交好运！”

第三人忙不迭地接话说：“庆子小姐即使在整个天大医院也是引人注目的大美女，连百目鬼教授也刮目相看！”

第四个人说：“信治郎先生娶了庆子小姐后，一定会对眼科的认识变得眼见为实。眼睛也像嘴巴一样会说话，更是心灵的窗户，人的身上再没有比眼睛更重要的器官了。整形外科之类，实在是可以不用放在眼里的！”

“说得好！”左边不知谁高喊了一声。右边一些医生开始向上翻眼珠看人。

最后一个人说：“愿信治郎先生能像爱护自己的眼睛一样疼爱庆子小姐，即使有看不惯的地方也不要竖眉瞪眼，要宽宏大量，不要像有的人那样，把眼科当作眼中钉。希望你们夫妻恩爱，家庭和睦，只要我们还没闭眼，定会睁大眼睛，决不让信治郎先生有看上别的女人之类不入眼的事情发生。”

左边响起了一片喝彩声。不知是谁喝多了，居然拍起了桌子。而右边的气氛变得有些异样，大有剑拔弩张之势。鸭下涨红着脸观看表演，听了刚才那句带有嘲笑口吻的“不要像有的人那样”，他的太阳穴跳个不停。

麦克风重又回到右端“眼球女孩”的手上。

“虽然有点冒昧，但我还是想对信治郎先生忠告几句。为了家庭的幸福，你一定要不惜身子骨拼命工作。”

这次关键词用上了“骨”。麦克风递到了第二个人手上。

“对，为了家庭，你要以不惜粉身碎骨的精神加倍努力。”

第三个人接口道：“庆子小姐长得漂亮，你可别‘骨头没有几两重’，找不着北啊。”

第四个人说：“事业不顺时，可不要做垂头丧气的软骨虫。”

第五个人说：“还有，也别太执着于整形外科的工作，累坏了身子骨得不偿失。”

最后，五个“眼球女孩”齐声说道：“我们都瞪大眼睛看着，千万不要做出会遭惩罚的坏事。”

当“眼球女孩”表演结束下场时，坐在主宾席右侧的鸭下终于忍不住站了起来。

10

“开玩笑也要适可而止吧？刚才听她们说什么垂头丧气的软骨虫啦，什么累坏了身子骨啦，这个‘骨’字怎么啦？你们贬损起来也该有个度吧？只是，那些看着瘆人的眼珠到底是个什么鬼？”

男方主持人立刻附和道：“对啊。说起来还是鬼太郎的眼珠老爹（眼珠老爹是日本漫画《鬼太郎》中主角鬼太郎的父亲。一个爱泡澡的眼球小人，身高仅9.9厘米，非常博学）可爱得多。”

女方主持人不甘示弱地反击道：“可是先前的卡通大腿骨又是什么呢？我知道，要回答清楚这个问题，对于做不来吉祥物的科来说是件难事。”

这时，被酒熏得面红耳赤的百目鬼站起身，从女主持人手中要来麦克风。

“‘眼球女孩’是我们眼科视为福神的吉祥物，绝对不允许被人称为魔鬼。请你收回刚才的话，并做出道歉。”

鸭下毫不示弱地跨前一步，从男主持人手中夺过麦克风，昂首冲百目鬼说："说它魔鬼怎么啦，不就是个破吉祥物吗？道歉？门都没有！怪不得人家说，眼科的人只看得见眼前的一点东西，视野太狭窄。"他故意用上几个有关视觉的字眼，作为刚才眼科医生讥笑整形外科的回敬。

会场的右边顿时响起了一片笑声。

"你又口吐狂言！从一开始，你就对眼科说三道四。这是一个喜庆的场合，你知不知道？我想你是不懂得'说人坏话终归徒劳'（日语原文是"悪口は無駄骨に終る"，句中有个"骨"字）这个道理的。你是烂到骨子里了！"因为愤怒，百目鬼的说话声也变得颤抖起来。

这次是会场的左边响起了喝彩声，百目鬼轻举右手回应了一下。

借着酒劲，双方唇枪舌剑，说的话也变得越来越粗鲁。

"眼科只会治眼睛，有什么了不起！"

"那你整形外科不就是捣鼓骨头和关节吗？连做个手术都要糊弄人。"

"怎么糊弄人了？"

"我的哥哥腰疼做了手术，结果不但腰没治好，还瘫痪在床上起不来了。"

"这么说起来，我老妈眼底出血也是做了手术，结果看东西都是歪斜的，说是电视里的人怎么都长着一张马脸。"

"我的婶婶做了人工膝关节置换手术，可没多久又被要求重做一次。结果呢，她成了瘸子。"

"我表弟的小舅子因视网膜脱落变得视野缺损，还有飞蚊症，每次去医院都被要求做同样的检查，浪费了时间和金钱，让他很恼火。”

“我妻子的堂兄有个远亲因大脚趾外翻走路不便，整形外科在无法保证治愈的情况下劝他接受手术，真是不负责任。”

“那你的眼科呢，视网膜坏了，做白内障手术就变得毫无意义，可你们为了赚钱，还是劝患者接受手术。”

“人工关节容易松弛，而且弯曲的角度有限，也容易感染，有时还会造成支撑关节的腿骨骨折，可你们尽挑好的说。”

“哼，你这个贪财的家伙，有的话我真不想说。”

“你有话尽管说！”

百目鬼的声音变得沉闷起来，鸭下似乎并没发现这一点。他昂起脸，进一步挑衅道：“你知不知道你在大学医院的绰号是什么？‘白发守财奴’，哼！”

话音刚落，百目鬼就将手中的咖啡泼在了鸭下的脸上。

“啊，你想干什么！”鸭下抹了一把脸，抓起白兰地也朝百目鬼泼去。

“你，你目无长者！”百目鬼大喝一声，从水果盘里抓起香蕉像投掷飞镖般朝鸭下扔去。鸭下闪身躲开，然后从别的水果盘里挑出甜瓜当炮弹扔出去。险些中弹的百目鬼怒吼道：“你小子又是专挑价贵的东西扔，别糟蹋食物！”

“还不是你先动手？你这个贫贱老头！”

“你胡扯什么！关西乡巴佬！”

“烦不烦，老不死的眼球狂！”

“住嘴！你这个下流的恋骨癖！”

两人的对骂越来越难听。整形外科的一位副教授上前劝架，恰巧被一坨提拉米苏击中脸庞，鼻孔和嘴巴上全是马士卡彭奶酪的奶油。

眼科的一位女教授上前一步叫道："决不允许你欺负我们眼科医生！"

"哼，对女人就可以手下留情了？笨蛋！喂，你们还愣着干吗？给我上啊！"鸭下对部下发出了总攻令。身强力壮的整形外科男医生们推倒桌子当盾牌，开始了攻击。烧鸡、龙虾壳、酱鹅肝、牛排，这些都成了炮弹向敌方飞去。

眼科的女医生们则躲在桌子下用糕点、水果还击。有胆大的女医生操起啤酒瓶冲出去，啤酒泡沫像火焰喷射器一般朝鸭下喷去，而整形外科的人则用香槟回敬。会场里怒骂声、哀叫声响成一片。

梦野垂着头，嘴里嘟哝道："乱得像一锅粥啊。"

飞鸟则缩着脖子，将餐巾顶在头上。

"该有人出面制止啊！"

"可大家都已经喝醉了呀。"不胜酒力的梦野红着脸满不在乎地说，突然，他像发现了什么似的用手指着说，"看，最先举杯庆祝的老师正气得不行呢！"

新郎新娘的高中班主任擂在桌上的拳头在微微颤抖，显然他是在拼命控制即将如岩浆般喷发而出的怒火。终于，他忍无可忍了，猛地站起身，一边敲着桌子一边怒吼道："闹够了没有？你们还像救死扶伤的医生吗！"

11

会场一下子静了下来。

鸭下、百目鬼，还有其他医生，都像是被施了定身术，一动不动。

“今天是两个年轻人的大喜日子，你们这是在干什么？拼命吹嘘自己，贬低别人，最后更是互相投掷食物。真是斯文扫地啊！呜呼！这是天大医院的医生能做出来的事吗？”

班主任双手覆面，仰天悲叹。他重重地叹了一口气后继续说道：“鸭下教授和百目鬼教授是‘犬猿之仲’，这我早有耳闻。也正是这个原因，我是很期待参加今天的婚礼的。杉井和西上念高中时就成了好朋友，后来又一起上了天都大学，如今喜结良缘，迎来了大喜日子。我原本期望，借这个契机，你们两个科可以冰释前嫌，为病人带来福音。可现在呢？不仅没有握手言好，关系还进一步恶化了。要知道，医生彼此不和、互相拆台，对病人来说是有百害而无一利。”

全场的医生都带着奇怪的表情静静地听着，飞鸟也目不转睛地看着这位老师。说得真好。如果此时两个科的教授大梦初醒，然后自我反省，握手言和，那不是一出很好的戏吗？

想必老师也有这样的期待吧。沉默的气氛有些凝重，大家都在等待两位教授的表态。承认自己的错误，主动上前握住对方的手，谁会扮演这个“可口”的角色？是年轻的鸭下，还是老辣的百目鬼？

但是，这两人都没有动静，而是板着脸，谁都不想看对方一眼。是的，他们已有好多年没有受人斥责、没有听人谏言了，所以一时做不到真诚地道歉。咦，梦野怎么了？

梦野露出诧异的神色嘀咕道：“难道是那个老师……”

“怎么了？”飞鸟问。

“你看他的手指。”

飞鸟顺着梦野的视线望去，只见老师颤抖的右手指甲有些泛黄。

“之前宴会主管说有客人提出需要烟灰缸，大概就是他。”

见两位教授毫无退让、道歉的意思，老师的声音变得焦灼起来。

“都到现在这个地步了，你们两人的思想还转不过弯来？放下架子，为两个新人送上真诚的祝福，不行吗？鸭下教授年轻，能不能谦虚一些？百目鬼教授年长，可不可以大度一点？”

即使话说到这个地步，两位教授还是无动于衷。老师绝望了，一屁股坐到椅子上，颤抖着手伸进口袋摸出香烟，然后用打火机点上。

百目鬼立马变了脸色，大叫一声：“啊！这里不能吸烟！”

梦野凑到飞鸟的耳旁低声说："这位老师看上去烟瘾大得很。"

老师大概是实在忍不住了，弓起背拼命地吸着烟。

"什么为新人送上真诚的祝福，话说得好听，可你吸烟到底是怎么回事？你不知道吸烟会污染空气、散布毒素吗？还是高中老师呢，这样自私，真让人无法相信！"百目鬼的声音更大了。

"是啊，"鸭下跟着说道，"尼古丁的毒性是氰酸钾的两倍。香烟有很强的致癌性，吸了还容易上瘾。再说二手烟对旁人也有伤害。"

百目鬼和鸭下两个人越说越来劲。

"吸烟会引起动脉硬化，也会伤害末梢循环，破坏肺泡壁，引起肺气肿和慢性支气管炎。"

"吸烟的人不仅自己有口臭，还会污染室内环境，让香喷喷的菜肴失去可口的味道。吸烟还是不良青少年走向犯罪道路的起点。"

"对啊。"

"没错。"

没想到刚才这两个人还吹胡子瞪眼，现在竟一唱一和起来。

看着眼前这一幕，梦野不由得拍了一下腿，"嗯，没问题。这两个人能合作得好。"

"何以见得？"飞鸟疑惑地问。

"两人虽然是冤家对头，但都嫌恶吸烟，同是禁烟派。对了，你后面的事要好办多了。"

这时，飞鸟脑中又浮现出延明出版社保利那一脸担心的样子。

第四章

不公平游戏

1

创作非虚构作品《医疗危机的拯救者》的采访工作快到收尾阶段了。

在对天大医院四位副院长的采访中，将最年长的百目鬼洋右放在最后，也许并不妥当。当初飞鸟下意识地做出判断，认为百目鬼是眼科教授，将他安排在其他科的副院长后，不会有什么问题。可医学部教授个个敏感且自尊心很强，对此不可能不有所察觉。

吉泽飞鸟怀着忐忑不安的心情提出面见请求后，很幸运，百目鬼爽快地答应了。

走进眼科的教授室，百目鬼以一身熨烫得笔挺的白衣配上金褐色领带的装束迎候飞鸟。百目鬼高个子，白发，给人的感觉不错，但因长着两只招风耳，再加上人中部位特别长，那张脸看着就有点像电影《人猿星球》里的角色了。

“那天参加婚礼，我给您添了麻烦，对不起！”飞鸟尽量放低姿态。

百目鬼却把矛头转到了整形外科的鸭下身上，“你可能没想到，鸭下是个一步登天的乡巴佬，既傲慢又幼稚，简直是个白痴！这种人居然会是天大医院的副院长，太匪夷所思了。”

飞鸟心想，再怎样冤家对头，也不应该在部下的婚礼上大打出手，搞得连她这样的局外人都不知所措。

在沙发上坐定后，飞鸟赶快切入主题。

“当今日本面临着低生育率、高龄化、医疗开支不断增大等各种问题，对日本的医疗危机，百目鬼先生有何见解？”

“说起来话长，但我想，这应该是内科和外科争夺势力范围造成的结果。就眼科而言，根本不存在医疗危机之类的问题。”

“哦？”

“内科、外科的家伙，一说起眼科就一脸不屑，说是只会治疗眼睛。太无知了！正是因为我们只专注于眼睛的治疗，才说明眼球是人体的重要器官！虽然循环内科、脑神经科也只治疗一种脏器，但是眼球比心脏和大脑要小得多。举一科之力专注于眼的治疗，正说明眼球对人来说非常重要。别说整形外科了，就是内科和外科，眼科之权威地位也在其上。”

听着百目鬼精神十足地辩解，飞鸟不由得想，越是竭力夸大自己，便越是暴露出自己的渺小，作为天大医院的副院长，这么简单的道理都不懂？

“但凡规模较大的科，装模作样的无效治疗就是常态。内科开出的药几乎都没什么疗效；外科将不必切除的脏器切除了，反而给病人带来痛苦。”

“是吗，不能一概而论吧？有些药还是有疗效的。”

“你被骗了。给高龄老人开药简直就是一种巫术。一个证据是，东日本大地震时，很多高龄老人没有条件服药，但是从没有传闻说，哪个老人因为无法服药而病情加重或死亡。”

这也没有说服力啊。

“很多老人反而倒是停药后变得健康起来。之所以停不了药，是因为一旦不服药心理上会有不安。所以，内科医生也说过，所有的药不过是一种精神安定剂。”

“那，外科手术呢？早期发现的肿瘤不是及时手术切除好吗？”

“你真是什么都不懂。在癌症治疗当中，外科医生做了不少多余的切除手术，而病人还以为自己捡回了一条命，真让人无语。一个外科医生在奈良某个乡村做胃癌普查，发现有癌症就切除全胃，最后那个村成了‘无胃村’，那个外科医生也因为在那里消灭了胃癌受到表彰。”

真有这种事？飞鸟不予置评地苦笑了一下。

“说到这里，就要说说我们眼科的白内障手术了。那的确是非常有效的手术治疗。准分子激光原位角膜磨镶术也为无数患者摆脱了眼镜或隐形眼镜带来的烦恼。那个就是我们取得业绩的证明，”百目鬼指了指办公桌边上的大屏幕液晶彩电说，“那是索尼BRAVIA–XC9400C系列75英寸高清液晶彩电，定价100万日元，加上税，108万日元。想看看吗？”

百目鬼拿起遥控器，打开电视，屏幕上立刻出现了一张艺人笑脸的特写。百目鬼慌忙调节遥控器，一幅欧洲湖泊的风景画面立马显现出来。显然，这是专给客人观赏的镜头。

“怎么样，你看高清的图像多美啊！刚做了白内障手术的病人看了一定会欣喜若狂。”

确实很漂亮，但没有静静欣赏的工夫啊。飞鸟装着欣赏的样子看了一会儿，便又想着话归正题。然而百目鬼意犹未尽，用手指了指桌下，“再请看这个。”

地上铺着豪华地毯，这个飞鸟倒是没注意到。

“这是波斯地毯中最高级的伊斯法罕地毯。”

只见那地毯富有光泽的白底色上绘有深红、藏青和金色的藤蔓花纹。百目鬼伸手抚摸着地毯，“你摸摸看，那是丝绸的感觉。这地毯细腻到每平方米要打100万个结呢。”

“这样高级的地毯，踩着不心疼吗？”

“高级的地毯是越踩越结实，色调也更深。你猜猜看，价格几何？”

“要上百万吧？”飞鸟小心翼翼地说。

百目鬼发出女人一般的扑哧笑声，“定价360万日元，加上税，388.8万日元！”

“这么贵的地毯用在教授室？”

“刚才我不是列举了我们眼科为医院做出的贡献吗？你呀，没好好看天大医院的网站。”

飞鸟虽然浏览过，倒是真的没仔细看。见飞鸟答不上话，百目鬼的声音里透出些许急迫，“我是说科室指南。没看眼科的介绍？”

“看了。”

“那你应该明白啊。”

明白什么？见飞鸟一脸困惑，百目鬼重重叹了口气，按了一下办公桌上对讲机的按钮。

2

“把那份材料拿来。”

几分钟后，秘书拿着一份材料走了进来。他只说“那份材料”，那定是事先就吩咐准备好了的。百目鬼指着材料上的一串串数字，开始讲述起来。

“这是去年的诊疗业绩，很不错吧？眼科平均每天接待门诊患者187.5人，住院患者47.6人，每年实施白内障手术4 832例，此外还有玻璃体手术，青光眼、视网膜脱落、眼睑炎手术，以及角膜移植等，合计57 590例，手术的数量是绝对领先的。德富的循环内科，说起来很厉害的样子，他们平均一天的门诊患者121.2人，住院患者40.8人。收益最好的心导管术（心脏导管检查）每年也不过958例。再看大小路的消化外科，平均一天的门诊患者78.3人，住院患者45.2人，每年的手术数量只有802例。鸭下的整形外科更不用说了，平均一天的门诊患者59.9人，住院患者正好35人，手术数量连骨折治疗也算进去才达到1 028例。”

算得真细啊！飞鸟差点脱口而出。百目鬼用手指沾了下唾沫，翻看下一份材料。

“请看这份盈亏差额权重表。全国的大学医院除了天大医院外，无一例外都是亏损；天大医院之所以能盈利，完全是眼科的功劳。看这张按科别列出的收益表就能明白眼科的贡献有多大了。”

从圆饼图上可以看出，天大医院每年约420亿日元的收益中，眼科占了12.7%。内科虽然达到了28%，但那是循环内科、消化内科、呼吸内科等7个科的合计。假如单看循环内科的话，只有5.8%。外科整体上看是22.6%，但如果单看消化外科的话，也只有8.3%。整形外科更少，只有5.6%。

“快看这个！”翻开下一份材料时，百目鬼更来劲了，屁股也往前挪了一大截，“这是按治疗类别列出的诊疗收益比率表。你也知道，所有医疗行为的保险分数是有规定的，1分换算成10日元。白内障手术植入固定晶体是1.744 0万分，也就是17.440 0万日元整；若是再加上后囊切开术，就是18.150 0万日元整。如果是由我这样的名医操刀，做一台这样的手术大概费时10分钟，一小时的薪金超过100万日元，对不对？哈哈……”百目鬼用手掩口，但还是没有抑制住笑声。

“胃癌手术是5.587 0万分，也就是55.870 0万日元，手术时间是三四个小时，一小时薪金连20万日元都不到。循环内科的心导管术是4万日元，用时30分钟左右，一小时薪金只有8万日元。整形外科的赚钱大头人工关节置换术是37.690 0万日元，所需时间是两三个小时，往高里算，一小时薪金也就18万日元。嘻嘻。”

百目鬼笑得很开心。但是他开口闭口都是生意人做买卖的口吻，什么多少日元整、赚钱大头，听了实在惹人生厌。飞鸟轻咳了一声问道："白内障手术收费高，还不是因为人工晶体、植入材料很贵造成的？"

"这个没必要多考虑，关键在于销售额。哪家企业不是这样？"百目鬼似有不快地撇着下嘴唇。

飞鸟只得改变话题，"从刚才展示的那张表来看，耳鼻喉科、皮肤科、精神科的收益率也高得出乎人的意料。"

"你看得真仔细。确实这样。"百目鬼点点头，重又变得和颜悦色。飞鸟事先已经了解到，这三个科的教授在即将到来的院长选举中都是力挺百目鬼的。

"从表上可以看出，这三个科对医院的收益也是有贡献的。耳鼻喉科在治疗老年人的耳聋、耳鸣、眩晕等无法治愈的疾病方面，为医院创收了不少。还有突发性耳聋、美尼尔氏症等，这类疾病几乎都是无法治愈的，正因为无法治愈，患者才会不断来医院。"

"其他两个科也一样？"

"对。皮肤科主要针对过敏症，还有牛皮癣、天疱疮等，难以治愈的疾病很多，专业性也强，所以患者络绎不绝。最近热门的是激光去斑、去痣，因为美容整形可以使用医保，所以皮肤科只要给那些疾病取个合适名称，治疗就可纳入医保范围了。这里面的奥妙，患者自然非常清楚。精神科方面呢，现在患者最多的疾病莫过于抑郁症了。抑郁症，人称精神感冒，种类很多，什么适应性障碍、社交恐惧症，五花八门。还有缺乏忍耐力的性格懦弱者、凡事爱推卸责任的无责任男、厌烦世事的逃避女、从小在宠溺中长大的娇生惯养者、盲目自信的傲慢者，等等。医生的诊断书听从患者的要求写，这样，他拿着医生的诊断书可以不用工作，薪水照拿，何乐而不为。当然，医生绝不会轻易地治好病，不然，患者就不来医院啦。这里的窍门在于让你活不好也死不了。你可别把它看作医生缺德，那是体制的毛病。按照现在的看病付费制度，患者病治好了，医院的收入也断绝了。所以，名医是不赚钱的，许多医生很有‘战略眼光’，宁可做个庸医。哈哈哈哈！”

这笑声听了真让人心里发毛。百目鬼说得滔滔不绝，飞鸟听得心情沉重。他说起来口无遮拦，却击中了日本医疗体制的弊端。

3

“听说你搜集素材是为了写一部非虚构作品，稿费一定不少吧？”大概对刚才医疗话题说得厌倦了，百目鬼转而问起了这个。

“这部作品直接出版，不计稿费，只拿版税。”

“那就是说不先在杂志上发表，而是直接出版单行本了。版税是多少呢？”

“10%。”

“书的定价呢？”

“定价是根据页数来的，大概1 600日元吧。”

“印数呢？”

“初版3 000册左右。”

“这样的话，含税48万日元整。写这样一部书要花多长时间？”

“半年左右吧。”

“月收入8万日元？唔……”

见飞鸟的脸色有点难看，百目鬼猛地拍了一下桌子，“太少了！你辛辛苦苦搜集素材，还要没日没夜地伏案写作，最后就得到这么一点报酬。如果再加上策划、采访耗费的时间，月收入还要低得多。这么可怜的收入，你怎么受得了啊！”

“但我觉得这是一项有意义的工作。”

“那你一定还有另外的收入了。你那个包包可是名牌货啊！”百目鬼指着飞鸟放在脚边的皮包说。确实，那是个古驰牌女用手提包。

“多少钱？”

“嗯……好像是7.8万日元。”没想到对方会打听价格，飞鸟有些尴尬。

“噢。”百目鬼似有所悟地点点头。

看来，这人对金钱还真是特别敏感。都做到了天大医院副院长的职位，为什么对钱还是这么在意？会不会是因为出身贫寒，从小对缺衣少食有着深刻印象？要是这样的话，能有今天的地位那确实是出人头地了。百目鬼的这个经历作为一段插曲，也许能为作品增色不少。

“这个请求也许有点冒昧。如果不介意的话，百目鬼先生能不能说说自己的身世？”

“身世？你想知道我的成长经历？”

“对，如果没什么不便的话。”

百目鬼沉吟片刻，开始讲述。他的人生经历还真是让人意外。

“我出身医生世家，到我已是第五代。当然，每一代人都是天都大学毕业的。祖上第一代是军医，官至军医总监，和森鸥外差不多吧。曾祖父做过宫内厅皇家医务主管，祖父是天都帝国大学的第三代眼科教授，父亲曾是世界眼科学会有史以来第一个日本人会长。”

毫无疑问，百目鬼家世显赫。那么，他会不会在个人成长过程中曾经济拮据过？

“我出生在世田谷区成城，屋子带有一个建于元禄时代的日式大庭园。我的小学、初中和高中都是在庆陵大学的附属学校读的，后考入天都大学。我一上大学，家里就给我在西麻布买了一套两室两厅一厨的高级公寓房。夏天，我在轻井泽的别墅避暑；冬天，去美国的西海岸度假；一有空余时间，就去滑雪、骑马、玩赛艇。我的学生时代就是这样度过的。”

家境优渥，生活奢侈。那一定是在做了医生后遇到过困难。

“毕业后，我毫不犹豫地进了眼科医局。在大学院获得博士学位，然后一步不落地晋级升职。我在美国留学两年后，经人介绍，相亲结婚。内人是天眼制药公司社长的女儿，当年的世田谷小姐。我自己的家在大田区田园调布，是一幢占地面积200坪的两层楼房，院子里有鲤鱼池和蔷薇园。内人是全职太太，两个女儿都在美国，也是眼科医生。对了，家里还有一条阿富汗猎狗亨利和一只阿比西尼亚猫朱莉。”

“那，您有没有过为缺钱苦恼的经历？”

“应该没有过。”百目鬼一脸疑惑地回答。

真是一生衣食无忧的话，这人的守财奴秉性又是怎么养成的呢？

还不死心的飞鸟继续问道：“那先生有没有赌博之类的

嗜好？”

“没有。”

“比如年轻的时候喜欢买股票、投资之类。”

“没有。”

“有没有做生意被骗的经历？”

“不可能。”

“或者被一直信赖的朋友欺骗失去大笔资金，中了别人的美人计吃尽苦头，被黑社会敲诈勒索痛失巨款之类？”

“你到底想知道什么？”

“啊，对不起！”飞鸟知道不能再问下去了，作为采访者，这是犯了大忌，于是转而问了另一个她很想知道的事情。

“对了，不知百目鬼先生对宇津津院长的突然去世是怎么想的？”

“什么，宇津津院长？我，我有什么好想的！我只是名眼科医生，他的去世和我有什么关系？”百目鬼有点语无伦次。

“不，我并没说和先生有什么关系……”

“别问了，一切信息以正式公布的为准，其他的事我一概不知。”

百目鬼绷住脸拼命摇手。这种过度反应岂不表明他是知道点什么的。

见飞鸟若有所思的样子，百目鬼突然问道：“不知你平时打不打高尔夫球？”

“嗯？”

“你转过身看看背后。”

飞鸟回过头，只见身后的玻璃柜里陈列着好几个奖杯和盾牌。

“这些都是先生获得的?”

“当然。呵呵。”百目鬼重又回到先前的模样，张开了鼻孔。

“我只是偶尔玩玩，大学时曾是高尔夫球兴趣小组一员。”

“哦，打高尔夫球确实是一项很好的运动。”飞鸟顺着对方的意思说道。

百目鬼点点头，抬腕看了一下手表，“啊，这么晚了？采访就到此吧!”说完连忙站起身。

怎么，就这样戛然而止？搞了半天，有关医疗危机的正题什么都没说呀。

无奈之下，飞鸟只得结束采访。

4

“百目鬼这是要你请他打高尔夫球呀。”在延明出版社，保利听了飞鸟的话，叹口气说道。

“请采访对象打高尔夫球？从没听说有这种事。”飞鸟提高了嗓门。

“还是有的，特别是对待一些重要人物。”保利靠在椅背上思忖了片刻，“考虑到后面采访的方便，请他打一次球也未尝不可。百目鬼还是有望出任院长的吧？”

“不是没有一点可能。怎么了？”

确实，现在还难以判断四位副院长中谁更有优势。

“百目鬼的守财奴秉性究竟是怎么养成的，探究一下倒也有趣。我们可以开会讨论一下。”

四天后，保利打电话给飞鸟，说请百目鬼打高尔夫球一事已获批准，就等具体时间了。又过了两天，保利却在电话中诉苦：“哎呀，这下有点骑虎难下了。邀请的人不单百目鬼一个，还有耳鼻喉科的耳成功市教授、皮肤科的羽田野毅教授和精神科的间户博士教授。”

“这么多人？出版社在开支上承受得了吗？”飞鸟担心地问。

“百目鬼向我们出版社提出，耳成和间户都是箱根真秀高尔夫俱乐部的会员，所以这几个人一起参加的话，可以有个较大折扣。”

“那三位教授都已经表明在院长选举中支持百目鬼。看来，百目鬼的如意算盘是，把原本应由他负担的招待费转嫁给延明出版社。”

“守财奴的本性还真不是吹的。”

两天后，保利又在电话中叫苦不迭地说：“唉，又多出一个人！说还得请麻醉科的梦野豪介教授一起去。”

“梦野先生也是高尔夫俱乐部会员？”

“好像不是。反正现在已无法拒绝了。眼下只能祈求对方不要再增加人了。百目鬼还要求说，让我和你一起负责这次活动的接送工作。”

真是个厚颜无耻的老头！飞鸟不由得吐了吐舌头。

5

星期六一大早，飞鸟带上高尔夫球包，开着刚洗过的汽车就离家出发了。

幸好，今天天气不错。因顺路关系，她负责接送梦野和间户。先要去接住在谷中的梦野。梦野已见过几次，飞鸟对他的性情多少已有所了解。虽然到达的时间比预定的早了一些，但梦野已在路口等着了。

“您早啊！”

“哎呀，麻烦你了。谢谢！”

梦野坐上后座后，汽车又朝着住在曙桥的精神科教授间户的家开去。

“间户先生是怎样一个人呢？”飞鸟随意问道。

“是精神科的关系吧，人有点古怪，你可别太在意。”梦野含糊其词地答道。

这让飞鸟生出些许不安来。

到达时并未晚点，却不见人影。

“我去看看。”梦野说着跳下车。飞鸟则打开汽车后备箱等着。不一会儿，梦野和一个头发蓬松、面露笑容的男人走过来。

飞鸟笑着招呼道：“您早！”但是间户并不答话，只是笑眯眯地把高尔夫球包放进后备箱，然后和梦野一起上了车。

飞鸟坐上驾驶座后，再次向间户搭话：“我是非虚构作家吉泽飞鸟，请多多关照！”

间户还是没有回应，但脸上的笑容仍在。看来，这确是个与众不同的人。

在梦野的催促下，飞鸟发动了汽车。

到箱根真秀高尔夫俱乐部，即使走高速也要一个半小时。

“今天真是打球的好天气。”

“是啊。”

答话的是梦野，间户还是一声不吭。飞鸟瞥了一眼后视镜，他仍是笑眯眯的样子，并没有什么不高兴。飞鸟不再说话，专心开起车来。

过了一会儿，梦野问道：“怎么样，采访顺利吗？”

“嗯，还好。”飞鸟含糊地应道。于是，梦野像是自言自语般说了起来。

“如今的医疗危机同十年前的情形不一样，没有听到什么内科医生集体辞职、市民医院关闭之类的消息，主要问题是各科医生不均衡的趋势越来越严重，再加上患者的误解、腹腔镜手术造成死亡等医疗事故频发，到处潜伏着不稳定因素。照这样下去，真不知什么时候患者的怒气会爆发出来。”

“若是这样的话，可推广催眠疗法。”

间户的突然开腔，令飞鸟忍不住想回头看一眼。奇怪的是，他的声调是没有起伏的女人腔。

梦野对飞鸟介绍说："间户先生是催眠疗法的专家。人们对催眠疗法还有一些误解，认为它不正当，其实，催眠疗法对恐慌性障碍症、心因性抑郁症是很有疗效的。"

"是吗？太厉害了。"

飞鸟又朝后视镜瞥了一眼，看到的仍是间户的一张笑脸。

"要预防医疗危机，我们天大医院首先要团结一致，记得宇津津院长也这样说过。"梦野继续说道，"但是，在当前新院长还没定的情况下，这事就不好说了。我听说，间户先生是支持百目鬼先生当院长的，就不知道他能不能把医院管理好。"

间户还是不作声。

"前些日子，有人还对宇津津院长的死因提出疑问。烦哪！"梦野又嘟哝了一句。

飞鸟立刻接口道："听说死因是心律失常。"

"那是公开的说法。除此以外，还有各种传言。"

"前几天，脑外科的花田先生告诉我，第一发现人，也就是宇津津先生的夫人，第一时间没有叫救护车，而是联系宇津津先生的部下小坂井副教授。这似乎有点不合常理。"

"没错。"

"然后，小坂井先生又联系四位副院长，最后是由德富先生做出阵发性心室纤维性颤动的诊断结论。"

"是的。"

"梦野先生对这个诊断结论也有疑问？"

“不，谈不上有疑问，但也不是完全接受。”

这怎么理解？梦野像是归纳状况似的继续说道：“人的死亡方式大致可分成四种类型，即病死、自杀、意外死亡、他杀。但是，宇津津院长的死似乎与这四种死亡类型都不沾边。病死还包括生病之外的衰老等自然死亡。自杀除了常见的自寻短见外，拒绝治疗、绝食等也包括在内。意外死亡不仅仅是遭遇交通事故、空难，还有摔跤造成头部致命伤、洗澡时溺水而死等。从广义上说，自然灾害或火灾造成的死亡、过劳死亡等也属于意外死亡。他杀当然是指被人杀害，那属于刑事案件了。”

“不止这四种。”间户又出人意料地开腔了。

“你倒说说？”梦野好奇地扭转头。

“处刑。”

“不，宇津津院长的死与犯人被判死刑没什么关系。”

“除了法律意义上的死刑外，还有私下的处刑。”

“你是说私刑？那就是杀人啊。”

“战死。”

“宇津津院长没有参战。”

“气死。”

“宇津津院长还没气到那个程度。”

“情死。”

“夫人还活着，他也没有情人。再说，情死的话，那也属于自杀。”

“那，还有‘腹上死’。”

“那属于意外死亡或者病死。”

"倒毙街头。"

"那要看死因了。若是生病，那就是病死；自我了断的，那就是自杀；若是遭遇意外，便是意外死亡。"

"安乐死呢？"

"安乐死的实质，其实是医生杀人。当然，如果是本人的意志，那也可以说是自杀。宇津津院长既没有患不治之症，也不是癌症晚期患者。"

梦野重新振作了一下精神，继续说道："总之，宇津津院长的死怎样看都难以归入上述四种中的任何一种。几位副院长当时想的只是，哪种死法才符合宇津津作为天大医院院长的身份。自杀、意外死亡、他杀，这三种死法传出去都不太好听，于是他们选择了病死。这个判断还真是妥当。"

"病死的话，面子上有什么好？"飞鸟一边开车一边反问道，"大学医院的院长得急病死了，那么你们医院是干什么吃的？说不过去吧？"

"你错了，全错了！"间户尖声断言道。他说话的口吻虽然很不客气，但飞鸟从后视镜里看到他仍是一副笑眯眯的样子。

"医生患癌的太多了，还有医生因心肌梗死、蛛网膜下腔出血死去，瘫痪在床或患认知障碍症的医生也不少。认为做了医生就能长寿，那是想当然。连自己的病都治不好，怎么能治好别人的病呢——这种想法是错的！"

"间户先生别激动嘛。"间户的情绪化让梦野有点吃惊。

趁此机会，飞鸟对梦野说出了心中的疑问："我在采访几位副院长的时候，只要一提到宇津津院长，每一位不是马上坐立不安，就是露出惊慌失措的样子，这是为什么?”

“是吗?照理来说不会这样呀。”梦野看了一眼间户，想征求他的意见。但间户仍是一副笑眯眯的样子，并不作声。

过了一会儿，梦野像是想起什么似的嘟哝了一句：“说起这个让我想起，宇津津院长对人临终前的痛苦极度恐惧。”

6

到达高尔夫球场时，恰巧保利的车也来了。

一下车，大家便互相介绍起来。飞鸟同耳成和羽田野是第一次见面，不过天大医院的网站上有他们的照片，所以脸孔和姓名马上就对上了。耳成年近50，光头，戴一副黑框眼镜，像个学识渊博的和尚。羽田野黑发，平头，体格健壮，但皮肤却出奇地白皙，脸上没有一丝皱纹，怎么看都不像是个50多岁的人。

“今天看来能玩个痛快！”百目鬼兴奋地说。他一身高尔夫球服，外穿一件看似很高级的夹克。

保利在俱乐部会所办理手续的时候，教授们坐在自助咖啡吧喝咖啡聊天。办完手续后，保利走进咖啡吧和几位教授说起了客套话：“以前同作家倒是玩过几次高尔夫球，大学医院的医生，这可是第一次啊，心里不免有点紧张呢，呵呵。”

“我们以前经常受制药公司的邀请打高尔夫球，出版社也是第一次。今后可要多多关照啊！”

百目鬼话里有话，保利慌忙岔开话题。

“各位都是‘差点’在10杆以内的高手，真了不起啊！”

间户脸上笑眯眯的，不作声，倒是羽田野应道：“大家的球技都不低。”

“工作都那么忙，不容易。”

看着钦佩之情溢于言表的保利，百目鬼用长辈的口吻笑道：“我们专科医生过的都是悠闲雅致的生活，不但有时间，还自由，收入也稳定。很多人知道这一点，所以都拼命要到我们科来做专科医生。”

“说来听听？”

“你应该知道，医学部的科分大类科和专业科两块，大类科的那些人只能算是二流医生，只有我们专业科的才称得上是专科医生。那些想着要进内科、外科等大类科的人，说明白点，就是傻瓜。那些人是凭着天真的想法来决定自己的职业方向，以为进了大类科，就成了名副其实的医生；而那些眼光远大的聪明人，则都会选择做像我们这样的专科医生。”

耳成轻轻推了推眼镜，接话道：“内科、外科的医生会接触很多致死的疾病，患者病情常会发生急剧变化，难应付，还常常要接诊危重病人，值夜班是无法睡安稳觉的，出现医疗差错也大多是危及性命的事故，所以会经常提心吊胆，怕引起医疗诉讼。”

羽田野啜着咖啡补充说：“还有，大类科人多，权力竞争激烈，这一点，人少的专业科就要好得多，很多人较早当上了教授、部长，薪水丰厚。另外，专科医生接触重病、顽疾的患者也少，工作相对要轻闲得多，而且几乎不用夜间出诊，体力上也轻松，当然，医疗诉讼的风险也低了。也就是说，进专业科当专科医生，既轻松、安稳，收入也高。”

间户仍是笑眯眯的，不说话。保利做出深以为然的样子，问道：“嗯，各个科都有自己的特点。有一点我想问一下，医生为绝症病人看病，是一件很费劲的事吧？”

“那当然了。”耳成目光锐利地朝保利看了一眼，“虽然医生对死亡习以为常，但患者及其家属则多是第一次面对死亡，他们会惊慌失措。不管是内科医生还是外科医生，面对愁容满面的患者和家属，都要装出心情沉重的样子。一次又一次反复施展这样逼真的演技，你说累不累啊。”

“耳成君，有的真相你还是不要点破。”百目鬼责怪道。

“但内科的那些家伙真的是冷酷无情。他会假惺惺地要病人做个检查，若是发现一些无关紧要的疾病，就说那是慢性病，任其发展的话会越来越严重，然后故意拖长治疗的周期。”

羽田野接着耳成的话，纠正道：“他们不是发现疾病，而是制造疾病。”

“就是。那些家伙故意降低血液化验和血压正常值的标准，把明明身体健康的人变成有病的患者。体检中弄出的代谢症候群就是最典型的例子。这种检查一概无视年龄和身高，只要有一点超过严格的判定标准，就吓唬说要去医院请医生诊断，接受治疗。这样，健康的人就变成有病的人了。然后呢，医院开出一大堆无用的药，而为了抑制这些药的副作用，再开出另外一堆药。这简直就是把病人当作榨取钱财的工具！”

“是啊，”百目鬼双臂抱胸点着头，“内科的那些家伙简直没有人性，他们用一些术语，搬出癌症、认知障碍症之类吓唬患者，然后开出一大堆药。这些人开口闭口就是早期发现啦，预防为主啦，整一些似是而非的口号来拖住患者，然后威胁说，你不检查就会延误病情。用这种经商手法来对待患者，我都替他们害臊。健康体检和癌症检查能降低死亡率？那是体检业界的阴谋。你要是不信，他就会说，你拿出数据给我看看？”

百目鬼越说越激动，耳成接过话头继续说道：“外科的那些家伙也没什么人性，动不动就是手术切除。那些治疗癌症的医生吓唬患者说，你不快些治癌细胞就会很快转移。还说抗癌药和放射治疗副作用太大，千方百计诱导患者接受手术。什么腹腔镜手术很轻松啦，机器人手术很安全啦，一番花言巧语将患者骗上手术台。其实呢，只是想着自己有台新手术可以试试。如果患者复发了便装聋作哑，或者用一些疗效只有天知道的抗癌药糊弄过去。所以说，反而是那些不当真的癌症患者或许能活得更久一些。”

“你又说了不能点破的真相。”百目鬼责备道，那张酷似人猿的嘴唇更加突出了，“反正，那些大类科的家伙因为自己没什么本事治病，就在医院里虚张声势，惹人讨厌。他们装出一副为病人治病还得靠他们的模样，看不起专业科的医生。我想，麻醉科应该也有相同的感受吧，梦野桑？”

百目鬼称呼其他教授都用“君”，唯有称呼梦野时用“桑”，大概是因为梦野是医学部长的缘故。梦野不紧不慢地否定了百目鬼的判断。

“麻醉科是在手术部与外科医生打交道，在集中治疗室与内科医生一起工作，在哪里都受尊重。”

“这只是表面上的，你知道那些家伙背后是怎么说的吗？”

百目鬼正说在兴头上，保利抬腕看了看手表说：“时间差不多了。”

飞鸟松了口气，连忙站起身。她怕再这样说下去，这谩骂的话真不知会持续到什么时候。

7

第一组由百目鬼、耳成、飞鸟三人组成。

第一轮是410码稍长的中间球道。飞鸟首先挥杆，挥出的球虽然有点偏右，但好歹还是落在球道上，故而赢得了掌声。耳成挥出了300码。百目鬼击打出去的球虽没怎么远，却落在了球道的正中间。

在另外四人的注视下，三人又开始了第二杆。飞鸟第一次参加招待性的高尔夫球比赛，有点不习惯，不知该如何把握。她提醒自己保持一颗平常心即可。

第一轮，百目鬼和耳成都打出了标准杆数，飞鸟是“一柏忌”，开局还算过得去，第二轮和第三轮得分也都没落下，进展顺利。但在第四轮“长击”时，百目鬼从开球区打出的第一个球就出线了。

“哇，真是罕见！”

耳成兴冲冲地一声高叫，百目鬼脸上顿时掠过一丝阴影。心想不好的飞鸟在第二击的时候，故意随意击球。最后，耳成打出了标准杆数，百目鬼的成绩是“双柏忌”，飞鸟则是三次推杆，打出了“三柏忌”。

在前往打第五轮的途中，百目鬼发起了牢骚。

“内科、外科那些家伙固然令人反胃，但外界的一些误会也真是让人闹心。比如什么目医者、耳医者的叫法就是。”

“错了，错了！”耳成听了连忙摆手，“有说‘目医者’的，哪有什么‘耳医者’。”

“有这说法啊。不是有句俗语叫‘目医者嘲笑耳医者’吗？”

“你搞错了，那是‘目屎嘲笑鼻屎’。”

被指出错误后，百目鬼面红耳赤。耳成继续说道：“因为眼科只诊治眼睛，所以有‘目医者’的叫法，而耳鼻喉科除了耳朵外，还诊治鼻腔和咽喉。”

眼科只诊治眼睛是百目鬼最讨厌的一种说法，他的眼里已有了愠色。幸好此时大家走到了开球区，争论就此停止。

第五轮是300码，标准杆4的无障碍标准打数。

“耳成君应该能一杆将球打上果岭吧？嗯，只要有勇气就成。”百目鬼故意挑逗说。

耳成将手中的铁头球棒换成木头球棒，开始在肩部使力。果不其然，打出的球偏右，出界。

“哎呀，罕见！真是弘法大师也有笔误之时。”

对孩子气般快意复仇的百目鬼，耳成没有抬头，只是回敬了一句：“猴子也有从树上失足掉下的时候。”

自知自己长了一张猴脸的百目鬼顿时面红耳赤，那模样越发酷似人猿了。

在前往下一杆的路上，百目鬼对飞鸟说：“你要知道，人类获取的信息80%是通过视觉获得的，就此便可明白眼睛的重要性。对了，听觉的信息量只占7%。”他故意提高了嗓门，“诊断一下眼底的动脉，就能获知全身动脉硬化的程度，据此可以预防心肌梗死和脑梗死。而耳朵、鼻子、咽喉，再怎样诊治，也不能成为救命的手段。”

耳成立即反驳道：“癌症中发病率很高的喉癌和咽癌就是在耳鼻喉科诊治的。而眼科不会遇到什么严重的癌症吧？”

“不是有成视网膜细胞瘤吗？”

“这个，是孩子生的病吧？”

“怎么？”

“好了，好了，我们打球了。”飞鸟劝解道。

“吉泽小姐，你知道成视网膜细胞瘤是怎么治的吗？那是要摘除眼球的！把孩子的眼球剜出来，很惨的呢！”

“摘除眼球有什么惨的。患了喉癌不是要整个儿切除咽喉吗？眼球有两个，而咽喉只有一个，失去了咽喉，发不了声，那才真的是惨呢！”

“对不起，大家安静。”飞鸟手持铁头球棒，准备挥杆发球。两人终于闭嘴不语，但飞鸟还是无法集中心思。她用力挥杆，结果球杆敲在了球的底部，后面击球也乱了方寸。虽然是无障碍标准打数，但她已经是第二次打出“三柏忌”。

在前往下一个洞穴的路上，耳成又旧话重提。

“刚才说起，人通过视觉获取80%的信息，那是眼科医生的数据吧？这种自说自话是没有可信度的。我以为，听觉才是最重要的。其证据是，全盲的伟人有很多，但是你听说过有聋哑的伟人吗？我的意思是说，即使眼睛看不见，照样能干出了不起的事来，但是耳朵听不见的话，就很难创造出伟业。”

“这不一定吧？贝多芬耳朵听不见，不是照样留下名曲吗？”

“那是因为他还留有听觉的记忆。说起来，眼盲的音乐家，比如宫城道雄、辻井伸行等，也是不胜枚举。晚年的巴赫患了白内障，无法读谱，但还是写出了千古名曲。”

“巴赫不是做了白内障手术吗？”

“巴赫的死就是因为做了这个手术！所以说，是眼科医生杀死了巴赫。”

“胡说什么呀！可耳鼻喉科的医生也治不好贝多芬的耳聋，是吧？”

“杀死巴赫的眼科医生，后来给亨德尔做手术也失败了。所以，与其治疗失败，还不如不做治疗。”

大学教授怎么会为这个抬杠，飞鸟搞不懂。

一直等来到下一个开球区，两人才停止了争论。各人都从开球区打出第一个球后，爱打左旋球的耳成走近同样习惯于偏向左边的飞鸟，大声说道：“你知道吗，耳背的高龄老人容易疑神疑鬼，从而陷于孤独之中。耳朵听不清，就不知道别人在说什么，脑子一片混乱。已有研究结果表明，耳背的人容易患认知障碍症。归根结底，还是听觉重要啊。”

“你说错了！”打了右旋球的百目鬼隔着球道高喊，“不是有句话叫‘百闻不如一见’吗？通常说起来，能看见就能明白。还有一句话叫‘即使对方不开口，也能读懂你的心思’，说的也是这个意思。”

“那么广播呢，不是可以传递一切信息吗？”耳成隔着球道也大声吼道，“媒体仅有画面是没法传递信息的。不出声的电视机，你根本不知道它在说什么，就是个废物，对吧？”

“傻瓜啊！报纸和杂志会说话吗？文字就能传递信息。音符没有五线就变得毫无意义。”

“从‘音乐’这个词我们就可以知道，声音具有安抚心灵、传递情感的功能，更能给人们带来乐趣。”

“声音哪有光重要啊！上帝创造世界的时候，第一天说的就是‘给我光’；歌德也是在说了一句‘再给我点光’之后去世的。光才是人类不可缺少的东西。”

飞鸟准备击球，对两人说：“光和声音都很重要。我要击球了，各位安静。”

那个球洞，飞鸟仍然没有得分。这已是第三个“三柏忌”了。半场结束时，她的击球杆数是52，简直是个让人欲哭无泪的成绩。

百目鬼是43，耳成是41。听见他们自报的杆数，飞鸟感觉有些奇怪。这两个人都没有三击入洞，却有几次“一柏忌”和“双柏忌”，怎么会有这样低的杆数？当然她不会跑过去向两人确认。

8

在餐厅吃午餐的时候，保利他们一组人也走了进来，在相邻的桌旁坐下。

“哎呀，整个上午都是发挥失常。”羽田野搔着硬刷刷的平头说。

“多少杆数？”耳成有点神经质地问。

“时好时坏，最后计分是40。”

耳成的黑框眼镜在鼻梁上抖动了一下。除了梦野以外，这几位教授相互间似乎在以千元一杆下赌，“差点”比耳成多了二杆的羽田野等于是赢了三杆。间户是44，减去“差点”，也领先耳成二杆。百目鬼和耳成应是同分。

“下午再看结果。”百目鬼悠然举起筷子。他吃的是菜单中最贵的金华鲭鱼烧御膳。耳成点的是炸牡蛎套餐加啤酒，在得知羽田野他们的计分后，他啤酒也不喝了。

午餐过后，保利去了吸烟室，稍许片刻，飞鸟也跟着去了。

“上午打球时，百目鬼和耳成好像争得挺厉害。”保利说。

看来，这两人争辩时，后面一组的人也听见了。飞鸟看了看四周，压低声音说：“这两人的计分有点蹊跷，估计都作弊了二杆。”

“是吗？羽田野和间户也报得偏少。”保利看了看身后，确定没人后凑近飞鸟，“还有，百目鬼打球之前在商店买了一打高尔夫球和手套，钱要我们报销。”

“可他用的高尔夫球和手套不是新买的呀！”

“我看，他是准备放着以后用。他是不放过任何可以不花钱添置用品的机会。”

“这个守财奴，绝了。”

“天大医院的副院长不会穷得没钱啊。”保利觉得无法理解，飞鸟也不知说什么好。

9

下午的后九洞球道比上午的前九洞起伏更大。飞鸟心里惴惴的，怕两个人又会发生什么争论。还好，耳成这次心无旁骛地打球。

但最后还是发生了一个出乎意料的情况。当12轮球被击入较深的杂草地带时，耳成顺利击回了球；但击球后，球座像是跳出来似的赫然出现在眼前。飞鸟斜眼看了一下，那是个崭新的球座，只见耳成悄悄将球放在球座上。

而在15轮地势隆起的果岭上，第一个把球放在球座上的耳成却不知为何跑过去拔除旗杆。满心狐疑的飞鸟跑上果岭一看，球洞前1米左右的地方有一枚用作球标的10日元硬币。她想，绝不会有人这样攻果岭击球，但再仔细一看，离球洞大约4米的前方留有钉鞋踩过的痕迹。原来，耳成在那里捡起了球，然后有意将球标放在球洞边。在果岭上随意设置球标是打高尔夫球的一种作弊手法，俗称“钱形平次”。

“好球。”走上果岭的百目鬼佯装不知地嘟哝了一句。耳成不言语，一记轻击，毫不费力地得了个“小鸟球”。

接下来，耳成或将球踢出杂草区，或沙坑击球，或装作捡小石子的样子调整球位，做出了一系列违反规则的行为。当球被击入林子，出现丢球的情况时，他却在相距很远的前方“找到了球”。

用放在口袋里的球替代丢失的球，这也是打高尔夫球的作弊手法，叫“下蛋”。

飞鸟看了一眼百目鬼，他仍是一副若无其事的样子。见耳成再次朝果岭跑去，飞鸟低声问百目鬼：“您有没有觉得耳成先生的玩法很奇怪？”

“确实有点。”

果然他也觉察到了。飞鸟不言语，显然是在用沉默抗议百目鬼对此事视而不见。

“那是耳成君的毛病。”百目鬼最终却说了一句让她意想不到的话。

“毛病？那是作弊行为，您为什么不向他指出呢？”飞鸟甚是疑惑。

“你指出了，他也改不了，所以说是毛病。”

飞鸟不知道百目鬼是认真的还是在开玩笑，便索性顺着他的意思说下去：“那，这种病也有名称吧？”

“嗯，是一种名叫‘病’的毛病。”

“和这样的人在一起玩，您没觉得不舒服？”

“我有时候也会玩点小把戏，所以没什么不舒服的。”

这是什么感受？飞鸟心里嘀咕着，真是让人无法理解。

百目鬼摆出一副老谋深算的样子，继续说：“每个人都有

‘病’。拘泥于规则也是一种‘病’。”

“何出此言？遵守规则不是理所当然的吗？”

“那就是说你从未干过作弊的事，不仅是打高尔夫球，其他地方也从未有过哪怕是一点点的作弊行为？比如开车超速，在无车的路口闯红灯，拾到百元硬币揣进口袋，在电车里用智能手机接电话等。”

这种小事倒是有可能避免不了。

“因不能严格遵守规则或社会公德而感到难受，就是一种‘病’。”

“但这与打高尔夫球作弊是两回事吧？”

“那你的意思是说，违反小的规则可以，打高尔夫球作弊则不行？这个界限谁划定的？随意性不是太大了吗？”

飞鸟一时哑口无言。百目鬼继续说道：“像打高尔夫球作弊这件事，一个人作弊确实不公平，但所有人都这么做，就没什么好说的了。这是一种文化。”

啊？还有这样的道理？飞鸟被说得脑子里满是问号，但百目鬼仍泰然自若地打着球，而他最后自报的出线球比上午报出的还要少。

10

打完球，飞鸟匆忙洗好澡出来时，皮肤科的羽田野已经在院子里乘凉了。

“羽田野先生动作好快啊，只简单冲了个澡？”

“我只淋浴，不泡澡。”

“为什么？”飞鸟不解地歪着头问。

“你瞧！”羽田野转过身，撩起衣服露出后背，只见整个脊背上都是逼真的刺青图案。那是马格利特的《比利牛斯山之城》：一片海滩的上空浮着一块青灰色巨石，巨石上建有小小的城郭。

“好漂亮！是直接绘上去的吗？”

“是3D文身！在我们皮肤科，我的皮肤是文身最好的材料。”

“最好的材料？”

“是啊，表皮薄，有棘层均衡，皮丘细密，基底层的黑色素细胞也少。”

“意思是皮肤白皙细腻？”

“差不多是这个意思。颜料用上去容易生色，描线醒目，耐久性强，是文身师最喜欢的皮肤。”

“哦！”飞鸟后退一步，对一直露着后背的羽田野说，“啊，行了。谢谢您。”

羽田野穿好衣服，转过身，用手指摸着飞鸟的手腕说：“你的皮肤也不错，文身一定会很漂亮。怎么样，要不要我给你介绍个文身师？”

“不，不。”

“为什么？文身很漂亮的，终身都不会消退。”

问题就在这里，飞鸟心想，我怕的就是这终身不消退，口上却说道：“他们都快要来了。”

幸好，这时保利来叫人了，于是飞鸟和羽田野一起来到二楼的会议室。按照事先安排，一场名为“反省会”的酒会即将举行。

圆桌上已摆放好了酒水和菜肴。落座的教授们刚刚洗完澡，个个看上去神清气爽。赌球的事大概也已谈妥，满场是一团和气的氛围。保利说了几句简单的开场白后，大家便兴致勃勃地谈论起今天的球赛。

说了一会儿，百目鬼故意轻咳了几声，问道：“借此机会，我想问一下梦野先生，这次院长选举，您是怎么想的？”

众人都没想到百目鬼会突然提起这个敏感话题，而且耐人寻味的是，他刚才称呼梦野时还用亲近的“桑”，现在却称起了“先生”。

“我当然保持中立。事关立场问题，我可不能随便说话。”

“有道理。但是，假如新院长是从大类科中选出来的，那医院的一切将照旧。”

百目鬼话音刚落，耳成就接茬道:“说起这个，我觉得整形外科的鸭下君经验不足，有点儿悬，百目鬼先生才是最合适的人选。”

整个上午眼科和耳鼻喉科的互掐，现在不知被风吹到哪里去了。

“我也支持百目鬼先生。”羽田野接着话头说，“不管怎样，就拿为医院的创收做出巨大贡献这点来说，百目鬼先生也远远超出了其他几位副院长。”

“这方面梦野先生的贡献也很大。从人均创收来看，麻醉科的效益仅次于眼科。假如我有幸当上院长，一定会大幅度增加麻醉科的预算。”

“哎呀，这太让人为难了！”

“不知另三位副院长会不会做出类似承诺？”

“不，不，那个，呵呵……”梦野含糊其词地笑着，不置可否。

一直没说话的间户，这时突然开口道:“不知道梦野先生是否听说过，医院里有一些不利于循环内科德富先生的传闻……”

“是什么？”

“德富先生在自己教授室的四面墙上镶满了镜子，这说明他有自恋性的人格障碍症状。”

百目鬼故意装出一副吃惊的样子，“有这种事？不过，精神科的间户君这么说，应该不会错。德富是心脏病医治的权威，难道他还是个性格异常的人？”

“为防止后辈超越自己，他还排挤优秀的研究人员。”

“那不是学术骚扰吗？”

“是啊。说起骚扰，还有大小路先生。前些日子，他因为性骚扰被人起诉呢。那人是个色情狂，见到女人就方寸大乱，听说连脑外科的花田先生也不放过。”

“怎么？就是那个长得很像尼安德特人的花田？哼，他真是饥不择食啊！”

间户不顾一脸惊愕的百目鬼，继续说下去：“整形外科的鸭下先生也有问题。那人性子太急，爱发怒，对不合心意的秘书要么大发雷霆，职权骚扰，要么干脆炒掉。因为动不动就像狗一般狂吠，所以人们暗地里称他为‘天大疯狗’。”

“疯狗？说得倒也形象。”百目鬼讥讽道。他大概忘记鸭下曾把他称作“白发守财奴”了。

间户继续说道：“这样看起来，适合当院长的，也只有百目鬼先生一个人了。”

“是啊，”耳成劲头十足地说，“百目鬼先生，针对那些副院长，赶快开启您的竞选攻势吧。”

“学术骚扰、性骚扰、职权骚扰，简直是骚扰三人组啊！”羽田野接话道，“继续深挖一下的话，大概还能挖出点什么来。”

“挖不出的话，可以添油加醋嘛！”间户说。

“比如？”耳成问。

间户说：“德富先生疑似论文造假，大小路先生疑似猥亵幼女，鸭下先生疑似对医局员施暴。”

“这些都是有可能的。如此看来，百目鬼先生的竞选攻势一定能顺利展开。”羽田野得意地说。

飞鸟听了目瞪口呆，与保利面面相觑。这也是他们的文化吗？

就在这时，百目鬼说了一句让人吃惊的话：“这不行！竞选不能无中生有地造谣中伤对手，那是下三滥的手法。”

咦？怎么完全换了个调子，这转变也太快了吧。百目鬼不顾一脸惊愕的飞鸟，转头对梦野说：“梦野先生，我还是坚持公平公正地去竞选。刚才这三位教授可能是过于急切地要让我当上院长，一时被歪门邪道迷住了心窍。请放心，我绝不会放任这种不正当的行为发生。同时，我也十分期待您对鄙人的大力支持。”

“啊，哦，那个……”梦野再次含糊其词地搪塞着。百目鬼本想给梦野留下一个高大正直的形象，但这套把戏终究是太拙劣了。

见时间不早了，神情疲惫的保利赶紧宣布：“那么，今天的活动就到此结束吧。”

11

一个星期后，飞鸟到延明出版社见保利。

“上个星期的高尔夫球活动辛苦你了！”

“那些人究竟是怎么回事？”保利到现在还对那些教授的奇言怪行感到吃惊和生气。他扯开一个尚未启封的文件袋，取出里面的票据。

“这是高尔夫球场寄来的账单。看，百目鬼回去时还从房费里买了沐浴露和洗发水。哼，占小便宜到了这种地步！”

“真是让人吃惊。他还说自己过着优雅的生活呢。”

“他在回程的车上也是一句离不开金钱，什么出版社赚不赚钱、薪水多不多、出一本畅销书可以有多大收益等，真不知道这个人的脑回路是怎么长成的。”

“好像也没什么特别的原因。”

“你的意思是说，他是天生的守财奴？”

照理说，如此程度的守财奴秉性，一定有某种形成原因，但他们又确实没有发现。不管怎么说，这是一种“病”。

百目鬼把耳成作弊说成是一种“病”。讽刺的是，他在自己犯“病”的时候却浑然不觉。那个不打招呼，一开口就用女人口吻说话的间户，还有把自己的皮肤说成是文身最好材料的羽田野，都是不相上下的“病人”吧。

说起这个，飞鸟想起前些日子保利说，他太太和他离婚了，理由是他太热衷于搜集汽车模型。那么，沉迷于某种爱好也是一种“病”了。

想到这里，飞鸟的背脊上不由生起一股寒气。

每个人都只看见他人身上的“病”，难道自己就没一点问题了？这样的恐慌掠过了她的脑际。

第五章

道歉见面会

1

飞鸟正赶往天大医院。此时，她的脸色因紧张有点难看。

参与院长竞选的四位副院长将在院内讨论会上阐述各自的工作方针，飞鸟作为列席者，要旁听这次会议。

与她同行的延明出版社图书出版局部长保利博，带着像是去观看一场联赛的轻松心情对飞鸟说："想必这将是一场迷你版的美国总统竞选辩论会。"

飞鸟是怕一个人无法独当一面，才约同保利一起前往的。

走出地铁出口，转一个弯，眼前就是天大医院的正门了。已经采访过四位副院长的飞鸟对保利说出了自己担忧的心事。

"这四个人都是自尊心特别强，既充满自信，又富有斗志，所以我担心这个讨论会将出现混战的场面。"

"来聆听的应该是有投票权的医院医生和事务部门的干部。失言、失态都会产生极大的负面作用，我想他们会非常慎重和克制的。"

保利是以常识性的判断做出这样的回答，结果究竟怎样，其实他心里也没底。因为在前几天的高尔夫球招待活动中，他已经见识了身为副院长的百目鬼俗气十足的嘴脸。

2

两人来到医院主楼八楼的会议室，那里被临时当作候选人的休息室。四位身穿白大褂的副院长已经坐在那里等候了。

“啊，吉泽小姐、保利先生，请那边坐！”坐在主席位的麻醉科教授梦野招呼道。听说身为医学部长的他是这次会议的主持人。

离讨论会开始还有半个小时，出乎意料的是，四位副院长交谈甚欢，气氛融洽。

飞鸟和保利的出现似乎打断了他们正在交谈的话题。稍稍停顿后，循环内科的德富继续说道：“今天我在阐述我的工作方针时，会触及医疗安全管理问题。此前千叶县G中心发生的搞错乳腺癌患者的事故太可怕了，居然会将一名30来岁的女性乳腺癌患者错当成50多岁的晚期癌症患者，整个儿切除了乳房！”

“那个30来岁的女病人好像是早期癌症患者，不用全部切除乳房，只要实施部分切除手术即可。结果是整个儿切除，人家当然不干了。”改革派旗手鸭下耸了耸肩膀说。

外科大佬大小路转动着一双有些斜视的眼珠，对这一事件进行了说明。

“是这样的。并不能说早期癌症都只要实施局部切除手术就可。其实，不管是全部切除还是局部切除，死亡率都一样，后者只是缩小切除范围而已。即使是早期癌症，要复发还是会复发的。”

自从上次在外科医局的亲睦旅行中差点被大小路非礼以来，飞鸟还是第一次见到这个人。

“听说千叶县G中心赔偿了一笔巨款。”天大医院的赚钱大户、整天把金钱挂在嘴边的百目鬼嘀咕道。

“那个医疗事故后来被报社捅了出来。其实，类似的医疗事故在其他医院也时有发生。”鸭下一边回忆一边举例，“印象中最早的是1999年，横滨市立D医院将接受心脏病手术和肺叶手术的病人搞错，结果两个病人都做了不该做的手术。此事当时在社会上引起很大轰动。2005年，爱知县G中心的中央医院又把肺结核病人同肺癌病人搞混，前者被切除了一部分肺叶。2007年，东北D医院把患有前列腺肥大的病人当作前列腺癌患者，将他的前列腺全部摘除。2009年，大阪市立S医疗中心将感染症的患者和肺癌患者的检体搞混，误切了前者的部分肺叶。2013年发生了两起重大医疗事故，6月，熊本D医院搞错了肺癌患者的检查组织，12月，东京国立成育I中心发生搞错儿童癌症患者的事件。2014年，兵库县高砂C医院将良性肿瘤患者和乳腺癌患者的检体搞混，结果误切了前者一部分乳腺。我举的这些还都是媒体报道的事例，至于没有被发现的，应该更多了。”

“这样看来，出错的都是外科方面的人。”内科权威德富咧开嘴，笑容里带着嫌恶的意味。

外科的大小路早就憋不住了，他鼓起海驴似的短脖开始反驳：“外科以手术见长，所以容易成为攻击的目标。其实内科开错药、检查出错更是家常便饭。”

飞鸟以为德富听了后会立马怒怼，没想到他像是局外人似的，只是露出柴郡猫式的笑容，并不言语。

“弄错病人这种事到处都有，”大阪人鸭下用浓重的关西口音说，“整形外科也会把上下肢搞混，有的医院还差点把健康的大腿锯掉呢。”

“眼科也常会把左眼和右眼搞错。”百目鬼苦笑着接住话头说，“我们有时在用激光照射血管时，心里觉得怎么不对劲，猛然发觉是弄错了眼睛。这个时候只能忽悠病人说，另一只眼睛也照射一下，可以起预防作用。哈哈哈哈！”

其他几位副院长听了也跟着发出冷漠的笑声。把张三误以为是李四，或者没弄清到底是哪只眼睛有疾，这对病人来说往往是致命的差错，可飞鸟觉得，这四个人却一点没认识到问题的严重性。

3

“还有，医院发生医疗差错或医疗事故后举行的道歉见面会也真是让人下不了台，难道没有更好的方式吗？总是让院长或副院长抛头露面，把头垂得低低的，让电视和报纸大肆报道，简直就是示众的罪人嘛！”德富歪着嘴角说。

“是啊，”大小路重重地点点头，“天大医院一直受到外界高度关注，一旦发生医疗事故就会吸引来大批媒体记者。他们以主持正义者自居，对我们横加指责，真不知把自己当成什么人了！”

“深有同感！像我们这样的专家，为什么要对着记者道歉？他们对医学一无所知，却以社会代言人的姿态出现，满嘴冠冕堂皇的话，企图以势压人。我真想好好问问这些人，你们知不知道，我们在一线的工作有多辛苦！”说完，百目鬼双手交叉抱在胸前，噘起了下嘴唇。

鸭下也用厌烦的口气接话道：“去年那次宇津津院长不得不出面的公开道歉见面会也真是令人难堪。患者在接受腹腔镜手术后死亡，明明是泌尿科出的医疗差错，却要急救部的宇津津先生代人受过，只因为他是院长而已。那些媒体记者不依不饶，非要追究他在安全管理方面的责任。其实，安全管理一直在抓，但怎么抓也不能保证不会出任何事呀。感觉这些人根本不了解我们平时付出的辛劳，就知道瞎搞一气。”

“那次最会搞事的是《自大新闻》的记者菅山。他甚至用手指指着宇津津院长的鼻子大声责问：‘患者是你们医生的练习工具吗？’这家伙还上了电视，做出很有正义感的样子，简直就是一个用满口仁义道德迷惑人的骗子。”大小路愤愤地说。

“菅山其实是个道貌岸然的小人，私生活很乱。据说他已与妻子分居，还遭情妇公开偷情照片，被要挟赔偿300万日元精神损失费。嘻嘻！”鸭下一脸不屑地笑道。

百目鬼像突然想起什么似的接口说：“对了，还有《平政新闻》的记者丰川也特别活跃。那人每次道歉见面会都坐在最前排，跷着二郎腿，傲慢无礼。听说这家伙曾在一次公判会上喝瓶装矿泉水，被法官警告。他的家庭更是一团糟：女儿闭居家里20多年，儿子滥施家暴，老婆有抑郁症。”

德富往前挪了挪身子，“还有《三角日报》的‘一文字’，这人简直就是自卑和怨恨的结合体。这种精神变态的人，不将事业成功的人拉下马就不能感受到自己活在世上的价值。这家伙离过两次婚，听说离婚是因为他是个‘萝莉控’。嘻嘻！”德富说完像女人一样发出尖笑。

这几个人你一言我一语说着记者的坏话，脸上露出少见的阴险笑容。飞鸟低着头，心里很不是滋味。老是说别人的坏话，自己的脸相就会变得丑陋。这些贵为天大医院副院长的教授难道不明白这个道理？

“宇津津院长的死与他在记者见面会上遭受的屈辱和精神上的压力，是不是有某种关联？”

鸭下此话一出，所有人都沉默不语了。德富只是低着头，大小路本来就无法聚焦的目光更加暗淡了，百目鬼则用双手覆着脸。鸭下似乎有点懊悔刚才说出有点轻率的话，搔了搔头，眼角堆起几道皱纹。

德富轻咳一声，重新将话题拉了回来。

“总之，道歉见面会非得让院长出场不可，确实让人无法忍受。如果是为自己的过错道歉也就算了；为部下或其他科的医生代过，实在是让人无法接受。”

“要是我，连自己犯错都不愿意道歉，更别说是为别人的错误背锅了。”鸭下说。

“我做手术绝不会出错，所以在我的词典里是没有‘道歉’这两个字的！”

“我也一样。就算治疗效果差，也不会是我的原因。那是与患者的体质、护士的护理以及其他偶然因素有关。”大小路紧接着百目鬼的话说。

一直在聆听的保利此时凑近飞鸟问道：“听起来都挺厉害的，他们说的都是真的吧？”

“差不多是。”飞鸟回想起先前的一系列采访，点点头。

德富似乎并不把保利和飞鸟看在眼里，提高声音说道：“通常说来，人们总以为在医院看病毫无疑问是安全的，这真让人头疼。他们把医生当成了超人，有魔法。其实医生也是普通人，既会犯错，也会失败，要杜绝医疗事故是不可能的。”

大小路顺着说下去：“对啊。医生治病常常会有不确定因素，有的地方不试一下是不知道的。但那些人就光看结果，嚷嚷着应该这样、应该那样，让人无所适从。特别是手术过程中会不会出现并发症，那简直就像是在赌一把。同样，有的运气不好的患者，即使医生竭尽了全力，也会因为并发症而丧命。难道连患者运气不好的账也要算在外科医生的头上吗？”

“整形外科也是一样。手术之后能不能消除疼痛，这谁能保证呢？只能说是抱着‘照理应该如此’这样的想法做手术。比如腰椎间盘突出的手术，患者提出要如何如何，我们只能给他做。除非十分有必要，整形外科医生通常是不给患者做手术的。嘿嘿。”

“眼科何尝不是这样！对高龄老人的治疗，基本上都只是心理安慰而已。因为本来就是器官老化了嘛，怎么还能治好呢？但是为了提高医院收益，我们只能应诺给予治疗了。哈哈哈哈……”

四个人就这样毫无顾忌地笑着。他们在院长的竞选上彼此对立，但说起从医的风险性和不确定因素，意见却十分一致。然而，他们说的话是不是太露骨了？

一直静默不语的梦野，大概觉得四位副院长当着飞鸟等外人的面这样说话不太合适，便用掩饰的口气说：“好了，好了，各位，你们今天把不能说出口的心里话都说出来了。吉泽小姐，这些话可不能外传啊。”

梦野的话里含有对这四人提出警告的意味，但鸭下却有点不买账。

“不，我倒是希望吉泽小姐能把刚才那些话都写出来。我觉得，还是让外界了解医院的实际情况为好，不然的话，我们就得一直像演戏一样演下去，让民众以为医院的一切都是完美的。”

到底是年轻的改革派旗手，飞鸟不由得朝鸭下看了一眼。她也很想把这些医学界的残酷实情写到《医疗危机的拯救者》中。但是，半路还是杀出了一个程咬金。

4

“鸭下君，你怎么了？”德富苦笑道，“包括患者在内的世人都喜欢幻想。相比冷酷无情的现实，人们似乎更愿意用梦想出的美丽世界来慰藉自己。”

“说得对，”百目鬼接过话头说，“患者是因为相信医院，才来找我们看病。如果将真相公之于众，谁还会来医院？我们的收益哪里来？”

“那就麻烦了。不相信手术的患者越来越多的话，这手术就没法做了。”大小路接口道，“说起来，患者如果因出了医疗事故死去，家人就会索取巨额赔偿金；可要是治疗顺利的话，却只要负担医疗保险中个人承担的一部分，这真不知是什么逻辑。要我说起来，你救了我的命，我甚至愿意把所有财产都献给你。”

鸭下完全赞同这三人的说法，跟着说：“确实是这样。患者死亡，家属就会立即怀疑是不是医疗事故，说是要知道真实的情况；但我们将调查结果如实予以说明，他们又不愿接受，指责什么上下串通隐瞒真相啦，包庇自己人啦，等等。最后，就是把因条件得不到满足而生出的怒气和失去亲人的悲伤全发泄在我们身上，等于是我们做了替罪羊。”

“真是这样。”德富点点头，转过头一脸严肃地对飞鸟和保利说，“既然说到这个问题，我也坦率地说吧，我们医生现在不得不面对公众和媒体不切实际的要求。比如就我们循环内科来说，导管治疗中为扩张已变得狭窄的冠状动脉，稍用力，血管就会破裂；但用力不够，又扩张不了。本来，病人的血管就因为动脉硬化而变得狭窄，难以舒张，十分容易破裂，这是大家都知道的，所以医生治病常常就像是在碰运气。可是患者和公众却要求绝对安全，而且还必须取得完全的疗效。这从一开始就形成了矛盾。”

“外科也是一样，”大小路转动着眼珠接话道，“患者接受手术时必定会提出要资深医生主刀，这是自私自利的表现。道理很简单，没有哪个医生一开始就是资深的。正是有愿意让新手做手术的患者，新手日后才会变成资深医生。所以说，患者要求为自己做手术的必须是资深医生，就等于在说，你要培育新手，请在其他病人身上做试验。”

“患者总是希望手术能取得成功，但是说起来，任何手术都有风险，不存在失败率为零的手术。”鸭下那张精致的娃娃脸露出讥讽的笑容，“按照概率论，若是失败率不为零，那你手术次数越多，失败的次数也越多。谁也不知道这个失败会在什么时候发生。这有点像玩俄罗斯轮盘赌。”

百目鬼听了不住地点头。他与鸭下虽然是冤家对头，但在厌恶公众和媒体方面却是一致的。

“眼科医生对患者的无理要求也很烦人。人老眼花，就像夕阳西沉，是无法抗拒的自然规律，可有些老人却贪得无厌，提出诸多不切实际的要求，如要一直保持视力不下降，至少要能轻松地看书读报等。我真忍不住想说，还有一出生就什么都看不见的盲人呢，别提过分的要求了。”

“赞成！”鸭下举手表示同意，“整形外科也常遇到这样的老人，对这样厚脸皮的人真是没办法。什么我痛死啦，走不了路啦，关节动不了啦，尽说些为自己着想的屁话。我们医生在竭尽全力给他治疗，他却满腹牢骚话，根本没有一点心怀感激的意思。”

“是啊，”德富抚摸着稀疏的唇髭点点头，“消化内科的癌症治疗也遇到因化疗没有效果而纠缠不清的患者。其实，化疗本来就治不了什么癌症，可患者一开始就提出无理的要求，真让人受不了。”

看来，这四位副院长把工作上的压力都转换成对患者的不满了。

梦野面有难色地问保利：“对于他们毫无隐讳的抱怨，如果作为患者，你会怎么想？”那神情好像在说，希望你能予以反驳。

可保利说出的话似乎是要讨好四位院长候选人：“刚才各位先生说的都很有道理。我觉得，媒体经常是站在患者的立场说话，其实患者有时也应该换位思考，从医生的角度来看待治病救人。”

“是啊，你这话算是说对了！”德富露出满意的笑容，扫视了一下全场，“我偏离一下话题。就是说，现在关键的问题在于，要找出发生医疗事故后可以避免举行道歉见面会的办法。”

“对，对！”大小路连连点头。

“说来说去只有一个办法，就是隐瞒。”鸭下说。

“不行！一旦败露，得付出十倍的代价。”德富当即反对。

“我看还是用专业术语蒙混过去，怎么样？”百目鬼说。

“不行。患者现在都会用网络获取信息，很多人的专业知识也挺丰富，你乱说一通的话，弄得不好会被抓住小辫子而陷入窘境。”大小路摇摇头。

“即使你能骗过患者及其家属，也难躲避内部有人举报吧？”德富双手交叉搁在胸前歪着头说。

“那干脆这样，在治疗前故意把病情说得严重些，轻微的心绞痛说成严重的心肌梗死，早期胃癌说成晚期胃癌，反正要让患者觉得自己几乎已无治愈的可能了。”鸭下出了个坏主意。

“不行，不行！”德富摆摆手，脸上的笑容有点僵硬，“让病人放宽心，是吸引他们就医的关键。如果将每个患者都说成得了不治之症，坏名声传出去，谁还敢来你医院治病？”

“难啊！”百目鬼叹了口气。

“这样看来，还真找不出避免在媒体面前道歉的办法了。”大小路也泄了气。

就在大家都觉得想不出更好办法的时候，飞鸟用客气的口吻说：“那个，作为局外人，我插一下嘴是不是有点唐突？”

“没关系。第三者的意见往往分外宝贵，你尽管说！”德富鼓励道。众人都期待地看向飞鸟。

“我觉得，要想避免道歉见面会，先决条件就是不要发生医疗事故。”飞鸟话音未落，四位副院长就一齐笑出了声。

“哈哈哈，我还以为你会说出什么办法来呢！”

“呵呵呵，太脱离现实了吧！”

“嘀嘀嘀，不懂行实在太可怕！”

“嘻嘻嘻，小姑娘简直在说梦话！”

被叫作小姑娘，飞鸟立马变了脸色，争辩道：“有什么不对吗？作为专家，最应该做的不是努力消灭差错吗？从患者的立场来说，这是理所当然的事情。”

“你说什么？”鸭下的眼神一下子变得严厉起来。保利连忙示意飞鸟不要再说了，其他三人也用冷冷的眼光看着她。

鸭下用咄咄逼人的口吻说：“谁说我们不努力了？我们哪天不是废寝忘食地工作？为了消灭差错和事故，我们殚精竭虑，可还是避免不了。因为这是医疗差错！并不是因为我们疏忽、松劲、偷懒造成的。我们还应该怎么努力呢？如果你有更好的办法，请指教！”

听了这番像是出自无赖之口的话，飞鸟一时不知说什么好。保利慌忙接话道：“对不起！外行人说了不该说的话，有失礼貌！各位先生平时兢兢业业，我们是十分清楚的。务请原谅！”

梦野抬头看了一眼墙上的挂钟，无精打采地说：“时间不早了，我们该去会场了，大家都在等着各位发表演说，阐述治院方针呢。”

5

讨论会的会场就设在主楼八楼的梯形会议厅。

拥有本届院长选举投票权的，除了各科助教以上的大约400名医生外，还有护理部、药剂部、技师部、事务部的约140名管理人员。上述人员的七成左右出席了这次讨论会。按照会议议程，讨论会从下午2点开到4点，前半场的一个小时由各候选人阐述自己的治院方针，后半场的一个小时是与会者提问、交换意见。飞鸟和保利坐在第一排靠右的座位上，这是特意为他们安排的。

先是梦野拿起麦克风介绍候选人，然后是德富第一个走向演讲台。他照例先来一个柴郡猫式的露齿笑容，接着缓缓陈述起来。

“我以为，眼下我们天大医院最最不可缺少的是顺应时代变化的适应力。医院的执行部门是大学医院的心脏部位，而院长就是发挥中心作用的心脏。我承诺，如果我当选了院长，首先要做的就是将良好秩序和优厚待遇像新鲜血液一样输送到医院的各个角落。”

演说中，德富时不时流露出心脏至上的主张，反复强调，自己才是最适合的院长人选。

在谈到医疗安全管理问题时，他说："医疗差错和医疗事故通过努力是可以消灭的。但是，我向大家郑重声明，万一发生不幸事例，我定会主动承担所有责任。"

刚才不是还在说，杜绝医疗差错和医疗事故是不可能的吗？飞鸟还没回过神来，德富已面露从容的微笑在掌声中翩然回到候选人座位上。

接着是消化外科的大小路走向演讲台。一向气宇轩昂的大小路此时却显得有点缩手缩脚，笨拙地凑近麦克风。

"天大医院是一流的医疗机构，所以必须积极推进改革。天大医院有她值得骄傲的历史和传统，但同时也存在着因循守旧、迟钝低效等问题。"

年届六旬的大小路竟然放言要主动改革，这引起了全场不小的骚动。

"那些陈规陋习，就好比医院的肿瘤，要彻底清除，必须进行手术。要做手术，就非得依靠外科医生不可。"

嗯，倒是这个理，飞鸟心想。

"我们常说，一旦发生不测，就要排肿，这也只能依靠外科手术。不管是脓肿还是粉瘤，切开排脓都需要手术刀。我保证，如果我出任院长的话，一定会以外科医生独有的决断力，坚决管理好医院。我在这里做出承诺，一旦医院发生医疗差错或医疗事故，我绝不逃避责任，而是堂堂正正地去直面困难。"

大小路这话也同先前说的不一样。刚才还在大言不惭地说，自己的词典里没有“道歉”这两个字。你果真不会逃避吗？飞鸟向他投去怀疑的目光。

似乎是为了刻意区别先前的两位竞选人，接下来上场的鸭下迈着轻快的脚步朝演讲台走去。他面露微笑，用略带关西口音的柔和语调开始了演说。

“刚才德富先生和大小路先生似乎都感觉到了时代变革的需要，但是，他们是真的明白了吗？他们说到了适应力和决断力，但是具体怎么做，却语焉不详。我如果能当上院长，首先就要让大学医院的研究部门独立出来，治疗和研究截然分开。通过这一举措，可以将我们医院最先进的医疗优势凸显出来。像一般性的诊疗、区域医疗等任何医院都能做的事，可以放手让其他普通医院去做。”

见自己的演说吸引了全场的注意力，鸭下继续侃侃而谈：“要坚决推进改革，崭新的创意和瞬间的爆发力必不可少，这就需要年富力强的人去做。以权威主义自居的医院老大，即使做了院长，估计也只会把改革停留在口头上。我干的整形外科是诊疗骨骼、肌肉、关节的医科，如果把医院比作人体的话，那就要让骨骼组织变得强壮，保证活动矫健自如、灵活轻盈。要实现这样的运营，除了干整形外科的本人以外，别无他者。”

在谈到安全管理时，他说：“治病救人有许多不确定因素，但是一味强调这种不确定因素，对于从事我们这种职业的人来说是可耻的。万一犯错，需要坦率认错、公开道歉的时候，我会诚恳道歉，并竭尽全力，保证不重蹈覆辙。”

与德富和大小路一样，鸭下的表现也是判若两人。尽管会场里的其他人浑然不知，但至少保利和飞鸟亲耳听到他们在休息室说过露骨的真心话。难道一个人说话可以这样前后不一吗？

鸭下在掌声中回到候选人座位后，最后上场的百目鬼不慌不忙地走向演讲台。他似乎在想着如何将鸭下调动起来的热烈气氛为自己所用。

“年轻人充满朝气，不错。汪汪！呜呜！听着是不是活像可爱小狗的叫声？”

鸭下有“天大疯狗”的绰号，百目鬼这是在奚落他。

“光是嘴上说一通美好的明天，再怎么精彩的蓝图，也只是充饥的画饼。我想强调的是实际的业绩。”

百目鬼显然是想从医院的收益方面来强调工作成绩。他在一口气罗列了各科的诊疗业绩后，放缓语速说道：“眼科为什么能取得这样的工作成绩？这是因为看得准。人们说，当今是个充满不确定性的时代，那么在医院经营上最为重要的是否就是洞察未来呢？要紧盯变化多端、令人眼花缭乱的现实，一目了然地把握时机，睁大眼睛坚决杜绝医疗差错、医疗事故的发生，也绝不允许眼皮底下有不正之风和低效空耗的事出现。要将天大医院建成令世界医学界刮目相看的一流医疗机构，这是我作为‘医院之眼’的眼科教授责无旁贷的责任。”

百目鬼在演说中用了一连串与他擅长的眼科有关的词语。飞鸟很想知道他在医疗安全管理方面有什么高见，于是竖起耳朵注意细听。

“医疗差错、医疗事故是不会出现在眼科治疗中的，将左眼和右眼搞混这样的低级错误更是不可能发生。而其他科情况复杂，有些差错或事故可能在所难免。院长是统领全院的负责人，也是最终的责任者。如果我担任院长，一定会守护好大家，站在最前面，甘做众矢之的。我百目鬼已做好了这样的精神准备。”

果然也是这样……飞鸟无力地垂下头。

而百目鬼则昂首挺胸，同刚才上场时一样不慌不忙地回到候选人的座位上。

6

四人做完了治院方针演说之后，中间经过五分钟休息，便进入下半场的提问、讨论环节。

“从现在开始可以向各位候选人自由提问了。请允许我提出第一个问题。大家知道，日本医疗危机被当作一个问题提出来已有一段时间了。对此，天大医院理应发挥什么作用呢？请各位谈谈自己的想法。”会议主持人梦野说。

好，直奔主题了。保利向飞鸟使了个眼色。

第一个发言的人照例是德富。

“医疗危机，这实在是个一言难尽的大问题。照我的看法，如今十分糟糕的医疗现状，起端就在于各领域的分工过于细化了。”为吸引全场人的注意，德富故作姿态地说，“单就我们的天大医院来说，过去整个内科分为第一内科至第四内科，而现在呢，却细分为循环、呼吸、消化、神经、血液、肾脏、内分泌等七个科，这里边当然会有重叠和浪费，由此带来的负担会不会就是引发医疗危机的导火索呢？我觉得有可能。所以，作为对策，对各科重新进行撤销再合并，或许能取得效果。改革可以从内科开始，建议将所有的内科并为一个综合内科。”

德富的意图是显而易见的，通过组建一个名为“综合内科”的庞大医局，形成一个在人数上占优势的主流派，他自己则坐上第一把交椅。而其他内科教授就像政府内阁的大臣，给予一定的权限，让他们各司其职。

跟着发言的是消化外科的大小路。

“我赞成这个建议。说起来，整个医疗系统无非是以外科和内科两大支柱为中心形成的。外科也应该将一系列医局合并，组建‘综合外科’，就像美国国会的两大政党制度一样。”

飞鸟听了有点不解。“综合外科”就算组建成了，从上次亲睦旅行聚在一起的外科各医局的医生人数来看，还是及不上“综合内科”的医生人数。德富肯定是有了这个估计才提出这样的建议。飞鸟还在疑惑不解，只听见大小路继续心平气和地说道：“这个‘综合外科’不仅仅包括消化外科、心脏外科、呼吸外科、脑外科，还应该将以手术为主要治疗手段的整形外科、泌尿科、妇产科也划归进来。”

哦，这样一来的话，“综合外科”的势力就超过“综合内科”了。但是，这样的统合能顺利完成吗？果然，整形外科的鸭下奋起反击了。

“等等！随随便便将整形外科放进这样奇怪的组织里面，这实在让人匪夷所思。记得以前大小路先生是看不起泌尿科和妇产科的，说泌尿科是处理尿液的肮脏的科，妇产科的医生都是些下流胚。现在却想着要将它们置于自己的领导之下，岂非太恬不知耻了？”

会场的一角响起了掌声。鼓掌的想必是整形外科、泌尿科和妇产科的人。

鸭下说完，百目鬼也跟着表示反对。

“我也反对撤并。眼科、耳鼻喉科、皮肤科，还有精神科等，都是以特定器官为治疗对象的专业性很强的科，都是‘一国一城之主’，诊断和治疗有各自独特的方针。将这样专业性很强的科像实行两大政党制一样归入内科或外科，只能说是极其草率的。”

“是的，”鸭下接话道，“要遏制医疗危机，保持细分化是绝对有必要的，甚至还应继续推进。就德富先生的循环内科来说，局部缺血性心脏病和心力衰竭，从检查到治疗都各不相同，所以也是一分为二为好。”

鸭下的目的，无非是通过细分化使得整形外科保持相对的优势地位。而眼科向来也是人少势弱，这不，百目鬼紧接着又展开了新的攻势。

“用医师多寡来判断一个科的力量大小，这早已是过时的观念了。现在是看重效率和业绩的时代，不单纯以人数多少论强弱，而是对每一个个体做出评价，也就是说以收益率为标准来判断，否则，带来的结果就是那些人浮于事、臃肿庞大的科在院内称王称霸。”

德富一双八字眉下的眼里满含着嗤笑，他反驳道：“百目鬼先生不愧是个会算经济账的高手。但是，正因为一心想着赚钱，天大医院才遭人诟病，被讥讽为一个‘没有仁术只有算术’的地方。”

“那是很有可能的。”

“太不像话。”

见大小路和鸭下跟着附和，被孤立的百目鬼下巴一缩，朝德富瞪了一眼说：“你德富真要是在乎外界的评判，在这之前，是不是也应该想想自己在院内的言论？”

他的话里省去了“先生”的称呼，使得全场的气氛一下子变得凝重起来。

“什么意思？”

“你提出建立‘综合内科’，意在将所有内科的教授置于自己的控制之下。而背后呢，又在贬低其他科的作用。就在刚才，你还在说化疗根本治不了癌症，把消化内科说得一文不值。”

顿时，会场的一角骚动起来。大概是消化内科的医生被激怒了。

“你胡说些什么呀，我怎么可能说出这种没见识的话？百目鬼先生是因为自己的眼科弱小，才会这么说。可这只能是螳臂当车，无济于事。”

德富想用居高临下的视线压住百目鬼，没想到鸭下起而反驳了。

“你这种说法就不太好了。德富先生的心脏至上主义观念谁不知道啊？你认为心脏是最重要的脏器，其他的脏器都不在话下，满脑子都是陈腐不堪的精英主义思想。”

“心脏是重要的脏器，那是事实呀。像只会应付骨骼、肌肉等人体周边组织的整形外科之类，我还能说什么呢？”

“你说的‘整形外科之类’是什么意思？太侮辱人了。请收回你刚才说的话！”

“德富确实有点过分了。”大小路插话道，“没错，心脏是重要的脏器，但说起来也就是个泵而已，它与像消化器官那样所进行的摄取、吸收生命之源的充满人性的行为关系不大。另外，我也知道，德富还四处散布诸如过去在欧洲说起医师其实就是指内科医生，外科医生兼做理发师，护士兼做妓女之类的话。”

这些飞鸟倒是也听说过。大小路显然是想通过揭露德富的不当言论将其搞臭，但那只能是自找麻烦。他原以为会呼应自己的鸭下接下来给了他致命一击。

“可大小路先生也有很大的问题啊。你过去的女秘书在告你性骚扰呢。还有，你的权威主义也不比德富先生差到哪里去。还到处吹嘘说什么从入口到肛门，消化外科涉及的范围大得很，日本人死因占第一位的是癌症，治疗癌症的消化外科最了不起。”

“对，这我也听说过。”德富马上反击道，“他还说，今后肺癌若能依靠药物治疗，呼吸外科就没必要存在了，而脑外科呢，只会弄个显微镜手术小打小闹。背后说人坏话，我们还真不是他的对手。对了，他还说，花田先生长着一张尼安德特人的脸。”

“什么？！”坐在前排的花田站起身叫道。

大小路慌忙辩解道：“啊呀，我可没说过这样的话，是别的什么人说的吧。”

“别的什么人？气死我了！”一声尖叫声过后，响起了杂乱的高跟鞋敲击地板的声音。德富见状故作优雅地用手掩住口。

“外科系那些教授的品行真让人无语。听说花田先生在学会的聚会上常把敬语‘真对不起’说成粗鲁的‘对不起啦’。哈。”

“别出声。你看这爱咧嘴傻笑的假冒绅士。”

周围的一众人拼命扯住大声叫嚷的花田，把她按在座位上。

“讥笑别人的长相是最恶劣的行为。”

鸭下听了不由得愣了一下，继而摇了摇头，冷冷地看了百目鬼一眼，“听说百目鬼先生也到处说我是‘天大疯狗’，可人家也在说你长着一张猴脸呢！”

“你这不也在讥笑人家的长相吗？我说你是‘疯狗’，那是因为你把我说成了‘白发守财奴’。”

百目鬼这一嚷，德富忍不住笑出了声，“百目鬼先生好像是在厕所的墙上发现那个绰号的，他对我说，一看就知道是鸭下的杰作，气得不得了。”

会场四处都响起了笑声。鸭下说得越发来劲了，“就是这样嘛。百目鬼先生还是个白字先生，一次医院组织干部去信州旅游，他看见一家特产商店门口挂着写有‘栗子红豆年糕汤’的广告旗，便说：‘栗子红豆年糕汤？那一定很好吃！’”

“你，你别胡说了！那边的大小路君才有意思呢，还是医学生的时候，他把食堂里的碗装方便面食用方法‘开水泡三分钟’读成‘烫水泡三分钟’。哈哈哈哈……”

百目鬼笑声未落，大小路立刻反击道：“你忘了吗？竟然把莫扎特的《魔笛》读成‘魔苗’！还有呢，诸位，文字处理机刚问世的那会儿，他连如何输入‘石油’这两个汉字都不会，笨得出奇呢。哈哈哈哈……”

“哈哈哈……”鸭下也跟着放肆地笑道，“说起变换汉字，让我想起了德富先生，听说他给学生上课写板书时，把‘文明的利器’写成‘文明的力气’，后来又把‘焦虑’写成了‘焦虐’。”

“这算什么！我也听学生说，鸭下君曾把‘打击情绪’说成‘打击情煮’，把‘死后万事空’说成‘死后方事空’，把‘淹死会水的’说成‘腌死会水的’。哈哈，难道大阪人都是这样使用惯用句的？”

这时，主持会议的梦野忍不住插话道：“安静，诸位！你们的发言跑题了，请回归主题！”

“是啊。这次讨论的主题是谁适合当院长！”德富照例是第一个做出反应，“虽然立即做出决定有点难，但是倒过来，看谁不合格却是可以马上做到的。前几天，我见百目鬼先生在生闷气，便问他遇到了什么烦心事，他说，同夫人吵架了。原来夫人让他出门时把垃圾带走，可他没走两步就发现袋子破了，夫人骂他‘笨蛋’，他气死了。看，连这点芝麻绿豆般的小事都会气上半天，这样的人适合当院长吗？”

“你，你，你说什么！”百目鬼气得说不出话来。

“听说百目鬼的夫人原来是世田谷出来的小姐，现在长得像黛薇夫人。不过听说她做美容失败，总是露出凶神恶煞的眼神，所以人们背后又叫她黛薇尔夫人。”大小路露出色眯眯的样子说。

“胡说八道！你的妻子做去皱、吸脂、丰胸的手术失败，现在成了个三围尺寸都超过100厘米的胖女人。”百目鬼反击道。

这时鸭下也忍不住笑了，“说起丢垃圾的事，德富先生在家也是个‘妻管严’，不但回家后总要去超市买菜，还有人看见他在伊势丹大甩卖时买了大包小包的东西回去。”

德富被说得红了脸。“要我说一下你吗？”他露出厌恶的神情说，“在家里硬要妻子穿上网纹裤袜或空姐制服，你这是要玩动漫人物的真人版吗？变态！”

“我听说，德富先生曾经要制药公司的医药代表带着去目黑的SM俱乐部呢。”

鸭下这么一说，百目鬼立刻手指大小路，仿佛是要回敬他刚才的揭丑，“说起这个来，谁也比不过大小路。别说SM，还有什么便便、凌辱、足恋、人妻、熟女、幼女、外国人，他都玩过，性病除了艾滋病外他都得过。”

“你也不差，偷偷去婴儿游戏店玩，还说玩得过瘾，说在尿布里小便有尿床的快感。”

“诸位安静一下！”梦野慌忙阻止这四个人再说下去，“请回到这次讨论会的主题。面对日本的医疗危机，我们该如何应对？”

就在此时，只见事务部长从舞台一侧跑上来。那人铁青着脸在梦野耳旁低声说着什么。梦野听完后一脸凝重地对全场说：“各位，有突发事件发生！就在刚才，大批新闻记者涌来我们天大医院，质问本院是不是发生了重大医疗事故。”

7

飞鸟看得很清楚，台上的四位副院长此时都皱起了眉头。面对骚动的会场，梦野开始向全场说明事情由来。

“今年2月至4月，有两名在本院治病的患者，因B型肝炎引起肝功能衰竭死亡。家属怀疑是院内感染造成的，我院对此进行了调查。今天早上，又出现了第三例同样的肝功能衰竭死亡病例。这名患者对本院的治疗本来就抱着极度不信任的态度。事情发生后，患者家属找了好几家报社，请求帮助查明真相。现在，这些报社派出记者，要求召开记者见面会说明情况。”

“真是傻到家了！”德富敲着桌子说。

“这些所谓的记者除了瞎扯，还能干什么？哼！”大小路一脸不屑。

“什么准备都没有，怎么说明情况？”鸭下摇了摇头。

“马上就要向媒体讲清真相？做不到。”百目鬼撇嘴说道。

“确实如此。”梦野接话道，“但是，由于我院刚发生过类似的事件，并正在展开调查，今晚就不得不回应记者的关切，及时做出说明。照往常，这事应该由院长来出面处理，现在院长职位空缺，我想，只能由你们四位副院长中的哪位出面了。”

“唔。”

“哦。”

“呃。”

“唉。”

四位副院长嘴里发出哼哼唧唧的声音，既不像呻吟也不像喘息。

“那名死亡的患者看的是哪个科？”德富问。

“这三个病人都是消化内科，其中一人先在眼科做了白内障手术，然后再转到消化内科。”

坐在台上的四个人面面相觑。刚才在做治院方针演说时还信誓旦旦，什么把所有责任全担在自己肩上、被问责时愿站在最前列，大话说了一大堆，现在呢？飞鸟朝这四个人瞪了一眼。

到底谁会挺身而出，又会如何收拾局面？全场的气氛渐渐变得紧张起来。

就在这时，鸭下猛地举起手。

“记者见面会我来出面吧。尽管我也不知道记者会问些什么，但现在只能由我去应对。”

不错，到底是年轻的改革旗手，关键时刻能勇担责任。飞鸟暗暗钦佩。

此时德富也开腔道：“不，这是发生在内科病房的事件，作为内科系的代表，应由我德富出面。有我这个循环内科教授在，那些记者就不会瞎提问题。梦野先生，你说对吗？”

没等梦野回答，大小路就伸出手臂抢先说道：“不，不！这个患者是因消化道疾病住院的，对吧？肝功能衰竭属于消化系统方面的疾病，还是由我这个消化道专业的医生出面比较妥当。我是外科学界的权威，对那些记者有威慑作用。”

大小路的话音刚落，百目鬼连忙举起双手并探出身子，急不可待地说：“不，不，不！听刚才梦野先生的说明，其中一个患者是先在眼科做了白内障手术，对吧？虽然这种情况是绝对不允许出现的，但还是要怀疑，病毒的感染源可能是这个患者。如果是这样的话，那就应该由我来出面接待记者。请将这事交由我这个最年长的副院长来承担吧。”

这下飞鸟弄不懂了。怎么一转眼变成这样了？死了三个病人，开道歉见面会是免不了的。可之前在休息室，这四个人谁都忌讳在媒体面前低头认错，现在却抢着要去面对记者。

“先生，让我去吧，我是第一个提出来的。”

“不，内科的事还是由内科来处理。我来承担一切责任。”

“不，不，还是让我出面应对。那些记者想必也是在等着我这个消化道专家会做出什么解释。”

“不，不，不，这个见面会理应由我这个年龄最长、对医院贡献度最大的人出面，请务必考虑。”

四个人谁都不肯让步，梦野面露难色。

“这可怎么办呢？这次记者见面会，消化内科教授伊调勘藏先生和事务部长也将出席，所以只要去一个人就可以了。”

“那就我去。”

“不，我去。”

“我去。”

“还是我去吧。”

四个人再次争抢起来。梦野看了一眼墙上的挂钟，“时间已经过了预定的4点，在座的各位手上也都有自己的工作，今天的讨论会就到此结束吧。至于记者见面会的事，还是让我们去休息室再讨论一下。”

8

飞鸟和保利也跟着朝休息室走去。

走进休息室，他们看见梦野和四位副院长已经坐在了原先坐过的位子上。所有人都默不作声，气氛有点儿异样。

“大家说说，记者见面会哪位去？”梦野问。

四人听了，太阳穴都猛地抽搐了一下。

“我看，还是由最先举手的鸭下君去吧。”德富露出柴郡猫式的招牌笑容，用柔媚的声音说。

“这……”飞鸟有点按捺不住了。刚才信誓旦旦要将一切责任都担在自己肩上的不就是你吗？

面对飞鸟惊愕的目光，德富神情淡然地解释道：“刚才我是太过兴奋，说出了内科的事由内科处理的话。其实，院内感染是整个医院的问题。所以，这事让曾说过‘医院改革需要瞬间爆发力’的鸭下君来处理更让人充满期待。”

大小路和百目鬼听了不住点头。鸭下连忙摇摆着双手说：“不，不，大家听我说。刚才我是不顾辈分，冒冒失失地抢先出头。现在想想，出席记者见面会，平息危机，对我这样资历尚浅的年轻人来说，有点难以胜任。所以，还是请阅历最深、辈分最大的百目鬼出面，这绝对是最合适的。”

“也对。”德富附和道。

“对头。”大小路跟着点头。

烫手的山芋再次传到自己手里，百目鬼顿时慌了。他眼珠子瞪得老大，连连摆手说：“不，不，不！我是个眼科医生，只懂医治眼疾，什么病毒性肝炎、肝功能衰竭，被问上了，我可不知道怎么回答。我觉得，由懂专业的大小路先生出面才是上策。”

百目鬼先生啊，你怎么也跟着踢皮球？飞鸟不由得悲叹一声。

“确实，只有大小路先生才能应对记者抛出的各种质问。”德富说。

“我也只懂一些骨骼、肌肉和关节方面的疾病。”鸭下说。

“不。记者不会问肝炎、肝功能之类的问题，他们想知道的是感染途径，这就涉及整个医院的问题了。所以，还是由与人体最重要的脏器——心脏打交道的德富先生出面最为妥当。”大小路转着那双斜眼说。

德富顿时收敛起笑容，还口道：“刚才大小路先生不是说了吗，外科的权威出场，对记者有威慑作用。”

“但德富先生也别忘了，你说过，由你出场的话，那些记者就不会瞎提问题。还有百目鬼先生也说了，病毒的感染源有可能是眼科的患者。既然如此，百目鬼先生就该担起责任来。”

“那只是猜测，并没有什么证据。相比之下，我觉得还是应由最先表态的鸭下君出场。他年富力强，应对得了记者的苛刻提问。”

“开什么玩笑！让我这个与医疗事故毫无关系的人去应对记者的苛刻提问，这样做好吗？就像我说过的，我这个人就算是自己有错也绝不会向人道歉，更别说是代人受过了。”

啊，说得可真是斩钉截铁。飞鸟半张着嘴，保利也一样。

德富的脸上重又堆起笑容，“那你刚才的自告奋勇是意识到台下有听众而进行的一次表演了？”

“看你说的，那不是很正常的事吗？”

说得够干脆！飞鸟的嘴张得更大了。

鸭下毫无顾忌地继续说道：“德富先生，还有其他两位，你们不也一样吗？会上都争先恐后地举起了手。”

德富不停抚摸着稀疏的上唇髭。大小路那不知望向哪里的目光投向远处。百目鬼像不看、不听、不说的“三不猴子”那样用手蒙着眼睛。

怎么会这样？说出的话可以随心所欲地变来变去，在众人面前做出承诺只是一种表演而已，为的是能当上院长。可是，这些人的词典里还有没有“节操”这两个字？

这时，一名事务部职员走进休息室，俯身在梦野耳边说了几句话。梦野听后，面露难色地说：“各位，见面会5点开始。再不定下由谁出面的话，那些记者说不定会一齐闯到这里来。”

“难哪！”德富叹道。

这时大小路提出了一个主张：“我就不用说了，整形外科的鸭下先生、眼科的百目鬼先生，我们三人都属于外科类。而院内感染也好，肝功能衰竭也好，都属于内科疾病，三名死亡患者也都来自内科病房。所以，就如刚才德富先生自己说的那样，内科的事情该由内科来处理，对不对？”

“有道理。”鸭下和百目鬼一致赞同。

梦野也将他那张剥皮鱼似的窄脸转向了德富。陷入绝境的德富不停地抚摸着唇髭，似乎还在想着有什么脱身之策。

梦野语气温和地说服道：“德富先生，假如你今天在记者见面会上露脸了，就会在院内给大家留下你就是下届院长最有希望的候选人的印象，你说对吗？”

“唔！”德富低哼了一声。而其他三人的脸上则现出了复杂的表情，似乎对梦野的话产生了联想。但他们好像都没有改变主意的打算。

“拜托了，德富先生，已经没时间了。”梦野合着手掌说。

“可是，要我向那些气势汹汹的笨蛋记者低头认错，我实在是……”

还下不了决心？这么死心眼！飞鸟气得快要骂出声了。

“好吧。但是有一件事我想确认一下，就是那个《自大新闻》的菅山这次也来了？”

“来了。他还反复练着怎样猛地站起身用手指指人的动作。”那个来催促梦野的事务部职员答道。

德富的脸一下子变得扭曲起来。

“那，《平政新闻》的丰川呢？”

“正旁若无人地盘腿坐在最前排。”

德富的脸拉得更长了。

“那个《三角日报》的‘一文字’也在？”

“没错。那人眼神执着，吐着满嘴的酒气。”

“那——我这不倒霉透顶了吗？！”德富绝望地揪着自己的头发。另外三个人也满脸恐惧和嫌恶，像是恶心欲吐的样子。

“好歹应付一下吧！”梦野恳求道。

德富突然站起身大声说道：“梦野先生，实在抱歉，不得已，我先走了！”话音一落便拔腿冲出了休息室。

“啊，临阵逃脱！”鸭下嚷道。

“在军队，这是要吃枪子的。”大小路说。

“胆小鬼，不知羞耻！”百目鬼接话道。

“现在没办法了，只能拜托鸭下先生。”梦野转过脸说。

“哎呀！”鸭下身子后仰，大叫一声，“我差点忘了！”

“怎么了？”

“对不起，我5点有个重要的约会。啊，时间差不多了，我先走了！”鸭下溜之大吉的速度不下于德富。

“那，大小路先生……”

“啊，我也正好有个要紧的约会。对不起，我走了。”大小路也像脱兔般飞快溜走了。

“那——”

梦野的“那”字刚出口，百目鬼便站起身，“我也是。我也有个重要的活动，约的是5点。哦，没错，日程表上说好是5点，哎呀呀……”他一边语无伦次地说着，一边慌慌张张地冲出门，速度之快，让人难以相信这已是个61岁的人。

梦野重重地叹了一口气。

“记者们都早已在九楼会议室等候了，这下怎么办？”事务部职员焦急地问。

“没办法了。我去吧！”梦野横了横心说。

9

飞鸟和保利觉得不便参与其中，便向梦野告辞了。

原本以为能在晚间的电视新闻上看到有关天大医院道歉见面会的消息，想不到竟没一个台报道。第二天的报纸尽管社会新闻有好几个版面，但关于道歉见面会的消息也只是一篇没配照片的豆腐块文章。

“看报了吗？只是一条不起眼的消息。”保利给飞鸟打电话说。

“嗯。大概是因为感染路径不清楚，因果关系好像也确定不了。”

“四位副院长根本用不着那么拼命逃避。这种道歉见面会不过是例行公事，大家早就看厌了，谁也不会在乎，大概只有与之为敌的人才会幸灾乐祸吧。”

“这样的人也不少。”飞鸟说。

“那还用说？”保利听了笑出了声。

“可是，四位副院长在休息室说的话和讨论会上的发言竟然如此反复无常，真让人吃惊。”飞鸟继续说道，“做人怎么可以这样没有气节操守！”

“这些人从小很少遭受叱骂，在娇宠惯养中长大。走上社会后，他们也一定没有尝过在别人面前低头道歉的滋味，所以只是做个道歉的样子也不会。像我们这样做普通事的人，有时候就算不是自己的错也会认下，甚至乐意跪在地上谦卑地恳求对方原谅。”保利自嘲道。

“他们这种人自尊心特别强。”

“可也正因为这个缘故，他们常常把自己弄得苦不堪言。有些事我们觉得很平常，但他们会生气，会焦虑，会觉得受了伤害。”

“确实。这样想来，这种人还真让人同情呢。”

看来，那些有着较高社会地位的精英活得并不轻松。这样一想，飞鸟感觉背脊冒出了一股寒气。

在现实社会中，由这种人占据高位，应该不仅仅局限于医学界吧？

第六章

其他医务人员

1

“怎么愁眉苦脸的?”图书出版局的保利博部长抬头斜眼看着飞鸟问。

“《医疗危机的拯救者》一书的采访进展不顺。”

“可以想见。天大医院的那些教授都是一样的德性。别在那呆呆地站着了，坐吧。”保利拉过桌边的椅子说。

飞鸟从包里拿出采访本放在桌上摊开，说道:“有关医疗危机的实情，现在已搜集了不少素材，包括地方医院医生缺乏、公立医院经营亏损、年轻医生纷纷出国等。但最为重要的，即医生心目中的解决之策，至今还毫无头绪。看来以天大医院为重点进行采访的做法是失策的。”

“他们现在满脑子想的都是院长选举的事。”见飞鸟叹着气，一副很无奈的样子，保利说，“我看干脆把创作的主题换掉，改成聚焦天大医院的院长选举，你看怎样?”

“那不成了揭短的书了？我想创作一部严肃的作品。”

“其实这也可以写成一部严肃的作品，就看你怎么写了。

在人们的印象中，天大医院的教授都是些了不起的大人物，可实际情况并非如此。把他们真实的人性描写出来，也能让外界留作参考，对不对？院长选举是一件大事，一些人必定会竭尽所能，或耍弄手腕，或疏通关系，从而显露出平时不为人知的一面。”

“这倒也是。”

“再说，宇津津院长之死还存有疑点，警方也在侦查，对吧？你坚持采访下去，说不定还能发现些什么新线索。”

“四位副院长的言行确实有让人生疑的地方。还有上次打高尔夫球的时候，麻醉科的梦野先生说过的话，什么人有病死、自杀、意外死亡、他杀这四种死法，可宇津津院长的猝死却没法归入这四种死法里边。”

“你要想在采访中获得破案的线索，就得加入推理的要素。”

“哦……”

见飞鸟对此并不怎么感兴趣，保利继续说道：“这是一窥那些大教授真实面目的绝佳机会，我相信你定能写出一部很有看头的纪实作品。建议你继续采访外围人员，比如护士、药剂师等其他医务人员，一定还会有意外的收获。”

“听说这次院长选举，护理部、事务部、药剂部、技师部等部门的管理人员也有投票权。”

“医生一般看不起其他部门的工作人员，你通过采访，或许会有意想不到的收获。我就听人说过，护士对医生观察之细致，简直令人害怕。”

“好吧，我再向天大医院提出采访申请，说不定真能问出点有用的东西来。”

2

飞鸟通过医学部长梦野，就采访护士、医技人员等向天大医院提出了申请。最先答应接受采访的是护理部长和事务部长。

护理部部长室在医院主楼的九楼。按照事先约定的时间，飞鸟和保利准时来到部长室。

“我是天大医院护理部长蓬莱玉代。”隔着一张很大的桌子，神态威严的蓬莱站起身，迎接两人的到来。蓬莱体形丰满，连XL尺寸的白大褂穿在身上也显得紧绷，烫过的褐色短发一丝不乱。她有着一双厚厚的嘴唇，脸上打得厚厚的粉底霜遮住了皱纹，一双小眼睛神色淡定，即使面对机关枪也不会有半丝怯意。

她身后还站着一个戴着无框眼镜、身材瘦弱的女人。

“她是护理部副部长内川京美，这次作为我的助手一起接受采访。”蓬莱介绍完后，内川连忙低头致礼。那双有点神经质的狐狸眼，一看就给人是个忠诚助手的感觉。

蓬莱请飞鸟和保利在椅子上落座后，自己也跟着坐下。

“今天我们想就护士眼中医生的本真面貌这一主题听听大家的谈论。在你们的眼中，医疗现场的医生是什么样的呢？”

采访从总体性问题的提问开始。蓬莱像被提到了名声不好的亲戚似的，脸上露出一丝苦笑。

“不能说没有一个出类拔萃的人，但大部分是人格上还不太成熟的人。大凡想成为医生的人，都是从小就刻苦学习，成绩优异，在父母和老师的宠爱中长大的。走上社会后，他们听不进别人的一点点批评，稍不如意就会生气、发怒。他们从当医学生开始，就在无意中养成了特权阶层的意识；在实习阶段为病人看病的时候，就已经是只用眼睛观察一下症状，瞄一眼检查数据，而忘了应该仔细诊查病人的身体。”

“你的意思是说，由于教育环境的原因，他们很难发展出健全的人格？”

“这种情况现在更为严重。父母为了能将孩子送入医学部读书，不顾一切地为孩子补课、请家教；作为补偿，他们就会溺爱孩子。孩子习惯了这样的环境后，便觉得只要自己学习好，其他都不重要了。他们不知与伙伴争吵是什么滋味，也缺乏集体生活的体验；他们没有因失恋而陷入悲伤的经历，也不懂得在团体比赛中获胜的成就感是什么。这样的学生进入那个简单划一、名叫医学部的地方后，便认为，这就是自己的世界。在那里，他们早就没了从患者的角度看问题的习惯。”

“嗯，”一旁的保利若有所思地应了一声，“这样的人成了医生，想想还真有点恐怖。”

“医学生毕业后走上社会仍被剥夺了成熟的机会。他们从新手开始就被唤作‘先生’，虽然医术还不怎么样，却自以为是，从不用正眼看待患者和护士；而医技人员和事务职员在他们面前往往态度谦逊，于是他们更以为自己有多了不起了，连对前辈也不讲礼貌。再加上周围总不缺那些溜须拍马的人，还有制药公司和医疗器械公司销售代表的刻意奉承，他们从年轻的时候就开始尝到了奢侈和堕落的滋味。他们唯一敬服的是带教自己的老医生。但这些年高望重的医生只是在业务上带教，不会告诉他们做人的道理。况且，这些老医生原本也是这么一路走来，根本不懂什么人情世故。就这样，我们的社会孕育了一代又一代人格缺陷、目中无人、不懂事理的医生。”

“明白。”

“人生在世哪有不遭受委屈的，忍辱负重甚至是成大事者的必备素质。比如一位经理在商场上与交易对手谈判，即使是部下出了差错他也会主动承担，真诚道歉。这是通常的道理，对吧？而我们的医生，却像摇篮里的孩子一样，任性，傲慢，不谙世故，凡事以自我为中心，心智不成熟。”

没想到医生这一群体在蓬莱的眼里竟是如此不堪，飞鸟不禁心中感叹，表面上却装出同情的样子，问道：“你们护士同这样的医生共事，一定很辛苦吧？”

“这该怎么说呢……”蓬莱扭头看向站在她身后的内川。

内川心领神会，看了飞鸟一眼，回答道：“蓬莱部长也好，我也好，我们在医院遭受的罪，真是说也说不完。”

“话虽这么说，但这次被列为院长选举候选人的四位副院长，人品上应该都是完美无缺的吧？”飞鸟故意这样问道。

“哈哈，”蓬莱听后睁大了一双小眼睛，发出短促的笑声，“早在最年长的百目鬼先生做实习医生的时候，我就在这所医院工作了。当然，我也知道大小路先生、德富先生在这里实习的情况。而鸭下先生进这所医院的时候，我正好在整形外科病房做护士长。他们在我面前不敢放肆，因为我对他们年轻时的生嫩和遭遇到的挫败知道得一清二楚。”

能举例说说吗？飞鸟原本想这样问，但转念一想，这也许会引起她的戒心，便故意摇头道：“难以置信，他们看上去都是很有教养的样子。”

“你不是已经采访过这四个人了吗？都了解了一些什么？你这非虚构作品的创作者就这点采访的本事？”

“不过，德富先生的研究成果还是很厉害的。”飞鸟皱紧眉头，装出一脸困惑的样子说。

3

“德富先生在医学研究上确实有两把刷子，”蓬莱有点急躁地说，“可这个人特别幼稚，老是吹嘘循环内科是最重要的科，鼓吹心脏是最重要的器官。他还是个医学生的时候就爱耍小聪明，除了上课托别人代为签到，还考试作弊，论文抄袭。成了研究医师后，他论文造假、剽窃的传闻仍时有所闻。竞聘教授时，为了得到前任教授的推荐，他卑躬屈膝，什么恶心的事都做得出来。正因为如此，他现在对自己的下属也是趾高气扬，还小看其他科的教授。他的职权骚扰更是出了名的，对不合心意的医生，刁难、欺辱都是家常便饭，甚至把人家赶到偏远的医院去。就形象来说，他那柴郡猫式的笑容让人看了就反胃：咧嘴露牙，眼睛却没有一丝笑意。”

“嗯，他笑起来的样子是有点儿奇怪。”飞鸟附和道，并有意把话题引到大小路身上，“不过，消化外科的大小路先生既是外科学界的权威，在天大医院也德高望重。”

“笑话！”蓬莱的头摇得像拨浪鼓，“德高望重？还有谁比大小路先生离这四个字更远的？他年纪轻轻时，满脑子想的就是女人。他还只是个普通医生时就开始对护士动手动脚，调戏看护助理，骚扰女医生，甚至色胆包天到偷偷溜进女病人的单人病房耍流氓。”

“前几天，在外科医局的亲睦旅行中，我也被他骚扰过。”

“都60岁的人了，还做出这种丑事来，真是为老不尊。”

“不过，我听说大小路先生的手术技艺还是无人能比的。”

“医术和人品可不是一回事！在医疗行业，能做到两者完美融合的医生可是少之又少。而像大小路这样的老色鬼，仅仅因为医术高明，就能顺风顺水，既能当上教授，也能出任副院长。”

趁着蓬莱情绪高涨，飞鸟又将话题引向下一个目标。

“年轻的鸭下怎么样？他好像既不爱耍滑头，也不是什么色鬼，在人们眼里还是改革派的旗手。”

“他可是个火药桶，一点就着。他孩提时就以爱打架出名，整形外科哪个医生没被他痛骂过？当了教授以后，他有一次竟然一把揪住顶嘴护士的衣服前襟，闹得全院上下都知道。后来他跪在受害人和我面前恳求原谅，我们护理部为了息事宁人，就没有深加追究。”

鸭下是会做出这种事来的，飞鸟心想，继续试探道：“不过，听说他在年轻医生中很有威望。”

“那只是人家爱看热闹而已，就像旁观别人打架是一件有趣的事一样。他说话言辞激烈，正合那些对现状不满的人的口味，于是受到这种人不负责任的拥戴。他如果当上院长，那可不得了！他必定会像哪个国家的总统一样推行强权，将医院原有的秩序搞得乱七八糟。他还是实习医生的时候就野心勃勃，把前辈和优秀的同辈医生一个个撵出医局，最后把教授的位子弄到手。他夫人是以前天都大学校长的女儿，他年纪轻轻就当上副院长也是借了他岳父的光。大凡野心家都听不进别人的话，他在医局说话也是毫无顾忌，说什么人就分三种：自己人、敌人、奴隶。”

“一个人若没有朋友，不是太寂寞了吗？”

“他的词典里可没有‘寂寞’这个词。对于想占山为王的人来说，只需要爪牙就够了。”

“说得也是。四人中有三人如此不堪，那眼科的百目鬼先生大概也不怎么样吧？”飞鸟又问。

话音刚落，蓬莱好像早就等不及了似的马上接口道：“这四人中，百目鬼最让人无语。他特别自卑，话说不上两句就是什么‘从眼底血管可以诊断出一个人是不是得了动脉硬化症’，一心想把眼科推到至高无上的地位。近年来，使用iPS细胞的人体胚胎干细胞移植引人注目，他也唯恐自己跟不上趟，拼命跻身其间。本来，那个研究关西是主流，关东落后一步，他却受不了，说什么天都大学的研究医师绝不能输给关西的乡下人。”

“老是争强好胜，反而会带来不幸。”

“那是天都大学的宿命。百目鬼先生的问题不止于此。想必你听说过了，他还有守财奴的秉性，眼睛里只有金钱。”

飞鸟对这事倒确实是早有耳闻，于是顺势问道：“你是不是觉得他大脑的百分之九十五都被金钱占据了？”

“远远不止，是百分之二万！总之，对他来说，买到便宜货是活在这世上的唯一价值。对制药公司、医疗器械公司的销售代表，他拼命杀价，可以把那些人搞到痛哭求饶。不仅是医疗用品，衣服、领带他都会先杀价，还津津乐道自己总能买到便宜货。”

“我那次采访他的时候，他也问起我包包的价格。”飞鸟说。

“是吧？总之他满脑子想的都是商品的价格。在餐厅吃饭，他也会高声嚷道：这个味怎么要这个价？那可是在高档酒店的法式餐厅，真让人替他汗颜。”

“你当时也在场？”

“我是从眼科的护士长那里听来的。现在网络发达，我们护士相互之间联系很方便，医生有什么丢丑的事，或市侩、狡黠的行为，大家立刻就能一起分享。”

保利分明听见自己咽下口水的声音，他有点同情起那些医生来了。

“百目鬼先生就像中小企业的老板，一个劲儿地要他的医局员赚钱，赚钱，再赚钱。他喜欢投资股票，炒外汇，天天紧盯股票行情和日元汇率，他的眼科教授室经常有银行职员、证券公司的营业员登门谈业务。他走在医院走廊里，不是手里敲着计算器，就是用手机在做股票交易。我想，你既然当上了天大医院的副院长，就不该是这个样子。”

蓬莱对四位院长候选人一顿评头论足之后，大概觉得也没多大意思，便重重地叹了一口气。

飞鸟瞥了保利一眼，小心翼翼地问蓬莱：“听你谈了不少，真是很有收获。但我还有个问题一直想问，却不太容易开口，就是谁当上下一任院长最符合你的心愿？”

4

蓬莱又扭头看了一眼内川，用手指焦灼地敲着桌子说："谁当选还不是一样？反正都成不了称职的院长，护理部得好好看紧自己的人。"

"护理部谁有投票权？"

"护理部的干部，还有住院部、门诊部的护士长，总共52人。"

"人也不少啊。你们可以用排除法淘汰不理想的人选。"飞鸟建议。

"是啊，用排除法的话，最先淘汰的就该是大小路先生和鸭下先生。"

站在她身后的内川仍低着头，一副唯命是从的样子。

"为什么？"

"那要问问内川副部长。"

蓬莱大概是说累了，挺着个显眼的肚子转过身。内川推了推鼻梁上的眼镜说："我是副部长，还兼任中央手术部的护士长。消化外科和整形外科的手术时间特别长，我们日班护士常常不得不加班加点，真让人恼恨。这两人要是当了院长，我们的日子就更不好过了。”

“延长工作时间，那也是没办法的事情，你不可能让正在做的手术停下来，对吧？”飞鸟不解地问，心想，怎么能把护士准时下班看得比手术还重要呢。

对飞鸟的疑惑，蓬莱却报以不满的摇头。她努了努嘴，示意内川做出解释。

“那我来说明一下。过去，手术开始后也会因为出现意想不到的情况不得不延长时间。可如今，计算机断层扫描、核磁共振的检查精度已大大提高，手术之前，对患者的情况可说是了如指掌，通常完全能够按时结束手术。现在之所以手术时间会延长，多数问题出在主刀医生身上。他们或在其他部位弄破了血管，或切掉了不该切掉的神经，这些都需要花费额外的时间进行修复。当然，外科医生也是人，经验丰富的老手也会因为种种缘故而出错，比如在家里与夫人吵架啦，前一天晚上喝高了啦，遇到担心的事放不下啦，等等。要是因为这样的原因延长手术时间，即使为了患者考虑也是不允许的。所以一定要以不得延长护士工作时间为由，对外科医生有个严格限制。”

说完，内川略一致礼，重又恢复直立的姿势。

外科医生会这样胡乱做手术？飞鸟听了既吃惊又恐惧。当然，并不是所有外科医生一开始都开刀开得好，也有即使开了多年的刀医术仍蹩脚的医生。她想，万一自己生病要动手术，但愿不要碰到前一天夫妇吵架或宿醉的外科医生。

但保利似乎并不认同内川的解释。作为出版社的管理人员，他觉得自己有必要代表社会舆论阐明一下。

“我明白你的意思。但是，说外科医生要照顾到护士的下班时间，而必须在预定的时间内结束手术，这不是太奇怪了吗？从患者的角度来说，护士的责任就是为医生提供支援，对不对？”

蓬莱露出不悦的神色，叹了口气道：“你是什么都不了解啊。请别再把我们护士看作什么白衣天使。我们只是普通的体力劳动者，过分地要求什么温柔、体贴，我们是做不到的。我们唯有自己维护权益。至于护士为医生提供支援这事，如果说要无条件服从的话，那医生常会做出错误的治疗又该怎么说？随心所欲的检查、类似人体实验的手术不胜枚举；一些医生为患者治病只考虑经济效益，或为满足好奇心，或盲目自信。有的为患者治疗纯粹是碰运气，赌赢了，掌声和荣誉是自己的；赌输了，死去的是患者。另一个极端是，有的医生害怕失败什么都不做，那是些内心充满挫败感、缺乏魄力、不愿担责的人，他们借口要观察病情变化，不给患者提供必要的治疗和检查，其结果也是患者死亡。所以，如果没有我们护士从旁监督，就会发生各种不可想象的事情来。”

保利一脸不快地看了一眼飞鸟。腹腔镜手术接连失败、活体肝移植的高死亡率、随意性的癌症放任疗法，等等，这类曾引起社会轰动的负面新闻同刚才蓬莱说的一切叠合在了一起。

见两人垂头丧气的样子，蓬莱稍稍缓和了一下口气说：“就像我开头说的那样，品格高尚的医生还是有的，但人品低劣的医生也不少，问题是这样的医生治疗水平往往并不低。有的医生人品虽不怎么样，却有很高的治疗水平，所以不能轻易将品德不好的医生扫地出门。”

“是个两难选择。”内川插了一句。

预约的采访时间就要结束了，再要延长的话也不知问些什么好，于是飞鸟提了最后一个问题：“宇津津先生已去世两个月，详情都弄清楚了吗？好像外界还有各种传言。”

大概是刚才一通数落说得有点累了，蓬莱有气无力地摇摇头，“他是自杀吧。我听急救部的护士说，宇津津院长好像有什么烦心事。”

5

离开护理部，在前往事务部的电梯里，保利擦了擦额头上的细汗。

“哎呀，真是出乎意料，这女人的嘴巴这么厉害。难道这四位院长候选人都是废物？”

“是啊。”

“不过，她把护士当成体力劳动者的说法有点过了。在许多患者的眼里，护士还是救死扶伤的白衣天使。”

“蓬莱是天大医院护士的领头人，手下有1 200人，她当然会把事情说得严重一些。我想，在医院的病床前，一定会有待病人如亲人的仁爱护士。”飞鸟说。

电梯到达一楼，保利确认了一下时间，离约好的采访事务部长的时间还有五分钟。

“天大医院的事务部长是怎样一个人？”

“在网上只能查到他的姓名和年龄。这可能是个自我保护意识很强的人。”

天大医院的事务部不在医院主楼，在另一幢管理楼里，院内有路直通。一进入大厅，就见有好多职员正在电脑前工作，感觉像是走进了某个政府机关。两人被人引领着刚走进事务部长办公室，一个身穿深灰色西服套装的男子便满脸堆笑地迎了上来。

“欢迎，欢迎！我是事务部长下边保。”

下边保留着一头刷帚般硬硬的短发，下颚肥厚的脸上挂着一对斜眉。他连声说着客套话，手里递出名片。飞鸟和保利也连忙递上各自的名片。就在这时，下边忽然间投出的锐利眼神让飞鸟觉得，这个看似谦恭的人可不一定好对付。

“请坐，请坐！”

在沙发上面对面坐下后，下边保做出一副“要问什么就问吧”的样子看着飞鸟和保利。

“院长选举即将举行，下边部长正在为准备工作忙得不可开交吧？”

“不，不，这都是应该做的事。”

“事务部的管理人员应该也有投票权吧？”

“对，我们这里的管理人员，有35人拥有投票权。事务部下分四个科，即总务科、会计科、医事科、企划科，拥有投票权的是各个课的课长加上各自的七八个股长。”

下边保的解答耐心，细致，全力配合的服务精神无懈可击，但也让人隐隐感觉到其既全力协助又谨小慎微的防备心理。全力协助当然是出于希望能把天大医院描绘得好一点的用心；谨小慎微则可能是防卫心理使然，绝对不能说出一句不利于自己的话来。

“今天我们采访的任务是了解医师之外，包括护士、医技人员、管理人员眼中的医生的真实形象。请问，在事务部长的眼中，天大医院的医生是怎样的？”飞鸟直奔采访主题。

“作为天大医院的医生，他们当然都很厉害，是日本最高医学水平的杰出代表。”

“个人品格方面呢？通常说起来，知识精英或多或少会有一点人格缺陷。”

“那是一些‘半吊子’知识精英吧。像我们天大医院的医生，都是超一流的知识精英，不仅聪明绝顶，为人处世也是极有分寸的，所以绝不会给别人留下不愉快的印象。”

是这样的吗？已对四位副院长的人品大感失望的飞鸟，怎么也没法相信对方的话。

“我刚才采访了护理部的蓬莱部长，她说，因为医生从小就被溺爱娇宠，很多人心智不成熟。”

“蓬莱部长这么说也不奇怪，因为她是护士的代表，常会处于医生的对立面，爱用批判的眼光看待医生。当然，这也可能是因为她热爱自己工作的缘故。”

下边保的解释总是面面俱到，不偏不倚。对付这样的人最好的办法就是直截了当地触及问题本质。

“这次院长选举会有怎样的结果，令人期待。部长先生怎么看待四位候选人？”

“他们身为天大医院的副院长，皆是出类拔萃的人才，无论是医术，还是人品和社会声誉，都是令人景仰的。”

“比如，循环内科的德富先生怎么样？”

“德富先生可是我们天大医院的佼佼者。他的研究成果是世界级别的，在学界的影响力也是独一无二的。他脸上时常挂着和蔼可亲的笑容。”

有这样美化那柴郡猫式的笑容的吗？飞鸟算是领教了。

“消化外科的大小路先生呢？”

“大小路先生是外科学界的权威，我们天大医院的英雄，当今日本无人能出其右的顶级外科医生。他长相威严，举止潇洒，是我们医院女医生和护士眼里的男神。”

这番话让大小路本人听了应该会喜不自胜，但与事实却是相去甚远。

“整形外科的鸭下先生如何？”

“年轻的后起之秀，也是我们天大医院的希望之星。他被誉为医疗体制改革的旗手，所以很受年轻员工的拥戴。他头脑灵活，会出主意，口才也好，无人能及。”

如果再加上脾气火爆，也许还算公正的评价。可事务部长的脑中似乎早没了公正的概念。

“最后，眼科的百目鬼先生呢？”

“百目鬼先生可是我们天大医院的救星。他对医院经济上的贡献超过了任何人。作为副院长，他的勤俭节约精神也令人敬仰。”

那只不过是为人吝啬而已。但飞鸟还是笑着点了点头，“那，部长先生，您认为这四位候选人当中哪位在这次院长选举中最具竞争优势？”

面对这个敏感话题，下边保不停地眨着眼睛，颤抖着身子，那模样活像输入了矛盾指令的人形机器人。他尴尬地笑着回答：“这个……都一样，各自都有优势吧。”

佼佼者、权威、希望之星、救星，他显然难以区分孰优孰劣了。

6

“打扰了！”就在这时，眼科的百目鬼敲门走了进来。他根本无视飞鸟和保利在场，气冲冲地径直来到下边保面前。

“你是怎么教育部下的？！”

“啊，对不起！”

下边保条件反射般站起身，也不问情由，先低头认错。百目鬼将一张纸片递到他鼻子底下。

“这明摆着是办公用品吧？无线鼠标和无线键盘都没电了，你让我怎么用电脑，怎么做事？居然废话那么多！”他的声音因为气愤而有些颤抖。

“让我看一下。啊，是电池。5号电池，一盒12节，515日元。这当然是办公用品了，我这就给您报销。”

“你知不知道我们做医生的有多不容易？你们事务部的职责就该是支持我们的工作啊。”

“当然，当然！我们能够安下心来为大家服务，也是因为有百目鬼先生带领下的眼科对医院做出的经济贡献。所以，其他的事可以放一放，给您的发票报销，那是万万不可耽搁的。”

“你真是这么想？”

“是啊。”

“不会是嘴上说说而已吧？”

“怎么会！我说话绝不食言。”

“那好，拜托了。”

百目鬼鼻子里哼了一声，这才像是刚刚发现飞鸟和保利也在这里，便不好意思地干咳了一声走了。

“对不起，正好有急事要办，请二位稍等。”下边保向飞鸟和保利表达了歉意，随即用桌上的对讲机向秘书发出指示，“马上把会计课长叫来！”

很快，会计课长敲门走了进来。

“你是怎么教育部下的？！”下边保劈头就用和百目鬼一样的口吻叱骂道。

“啊，对不起！”会计课长也不问情由条件反射般先低头认错。

“你知不知道我这个事务部长有多难当！我这事务部长怎么当，全靠你们课长的工作支持啊。”

“那当然。”

会计课长恭恭敬敬地接过发票，“啊”地叫了一声后也连忙用桌上的对讲机请秘书把财务股长叫来。

财务股长也很快敲门走了进来。

课长也是不问情由一顿叱骂：“你是怎么教育自己部下的？！”

“啊，对不起！”财务股长条件反射般低头认错。

“你知道我这个会计课长有多难当吗？支持我课长的工作是你股长的职责，懂不懂？”

“那还用说。”股长郑重接过发票，“啊”地叫了一声，也用对讲机请秘书把财务股的职员叫来。

一会儿财务股的职员走了进来。原以为又会出现先前的一幕，没想到这回有点儿不同了。

“你是怎么教……啊，不，是怎么做事的？”

“什么事？”

“你看这是什么？”

年轻的财务股职员看了一眼递过来的发票，理直气壮地说起了事情经过。

“这个有点过分了。百目鬼先生两周前就已经报销了一张一整盒5号电池的发票。电池不会用得那么快，他显然是在公物私用。这不是第一次了，他经常把五花八门的发票拿来报销。有的一看就知道是家人吃的高级食材发票，有的是私自外出的车票，甚至连自己打高尔夫球的开销也要当作接待费来报销。”

百目鬼还真能干出这样的事来，飞鸟正这样想着，只听见股长、课长、事务部长冲着职员一连声骂了起来：“笨蛋！”“傻瓜！”“废物！”

事务部长大概忘了一旁还有飞鸟和保利，继续说道：“以后，百目鬼先生拿来的发票一概予以报销。账面上的事总归有办法。把账轧平，不露痕迹，这是我们做好后勤服务的基本功，记住了！”

课长和股长点了点头，似乎这是理所当然的事。财务股职员则“哦、哦”地应着，一脸纳闷地跟在股长和课长后面走了。

“哎呀，现在的年轻人真让人不知说什么好，哈哈哈哈。”事务部长打着圆场说。

就在这时，门外传来急促的敲门声。

7

“你好，打扰了！”

进来的是整形外科的鸭下。看见飞鸟和保利，他像表演一般露出和蔼可亲的笑容。

“果然是你们在这里采访。我早就得到信息，说是事务部部长室来了两位客人。还有人说，百目鬼先生为了能在院长选举中占据优势地位，抢先过来寻求支持，所以我来探个究竟。”

事务部长听了慌忙否定说：“没有的事！百目鬼先生来这里是为另一件毫不相干的事，对这两位什么话都没说就回去了。”

“是吗？那大概是我自寻烦恼了。不过，借此机会我也想对事务部长说几句。倘若我当上院长的话，第一件事就是对天大医院进行大胆改革，使其成为领先时代的先进医疗机构，届时还望鼎力相助。”

“那还用说。我们后勤人员之所以能够安下心来为大家服务，也是因为有像鸭下先生这样干劲十足的领导引领医院发展。今后，我们事务部一定不辜负您的期望，竭力做好配合工作。”

下边保搓着手，说着和刚才对百目鬼说过的差不多相同的话。

“吉泽小姐、保利先生，我也期望能得到你们的支持，一起推动天大医院再上新台阶。”鸭下用政治家都比不上的潇洒劲儿和大家握了握手，随后离开了事务部部长室。

飞鸟和保利只是傻愣愣地交换了一下眼色，感叹鸭下这么快就知道了他们的来访。毫无疑问，鸭下在百目鬼的医局设有内线。

这时，敲门声再次响起，消化外科的大小路推门走了进来。

“啊，大小路先生来了！”下边保飞奔上前迎候。大小路连看都不看他一眼，只管自己走进房间，然后装出刚刚发觉的样子，故作惊讶地说：“咦，这不是大作家飞鸟君吗？你还是这么漂亮！方便的话，改日再一起喝个茶怎么样？”

“谢谢！”

居然轻浮地直呼人家名字！飞鸟虽然口中说着“谢谢”，心里却骂了一句，扭过头不再理他。

大小路转而对下边保说：“下边君，上次拜托的有关改造手术部澡堂的事办得怎样了？”

“此事已作为头等要事正在抓紧督办。”

“拜托了！长时间站手术台，身体疲惫得要命，不泡个澡怎么受得了。现在的浴池实在是太小了。”

“您说得在理。长时间站着做手术确实累人，那是我们有幸坐着工作的人难以想象的。”

“还有混浴那事应该也没问题吧？既然都是外科医生，男的女的分那么清楚，太奇怪了。就性别歧视来说，也说不过去。如果一定要有单独的女浴室，只要弄个小间就可以了。前些日子我们外科系医局亲睦旅行时住的酒店就是这样，用竹篱笆隔开，做成富有情趣的露天浴池。”

还在想着怎么骚扰女人？哼！飞鸟狠狠瞪了大小路一眼。下边保则露出像画中的财神爷一样的喜庆笑脸挨近大小路说：“消化外科是天大医院的金字招牌，我们后勤人员之所以能心无旁骛地安心工作，全是因为有大小路先生在发挥作用。”

又来这样一番恭维人的客套话！

“拜托了。”

大小路走了之后，又传来几声急促的敲门声。不出所料，这次进来的是德富。

“嘿，下边君。太谢谢你了！”

“德富先生来了。我们一直在期盼您的光临！”

嗯？飞鸟不解地歪着头。

德富言辞恳切地对下边保说：“前几天，我的教授室终于安装好了镜子，太感谢你了！现在，教授室给人以大到没有边际的感觉，我搞研究的灵感也是源源不断。但唯一的缺憾是，房间的层高还不足，要是在地板和天花板上也安装上镜子，那就完美了！当然，你的所有付出我心里都有数。一旦当上院长，我保证会给事务部优厚待遇。”

“谢谢！这事我一定会作为头等要事来督办。”

“下边君好像有很多头等要事。”德富用语带讥讽的口吻说道，脸上浮出柴郡猫式的笑容。

“哪里哦！德富先生交办的事，我向来是作为重中之重的头等大事来看待的。我们事务部的人之所以能安心工作，全是因为医院有像德富先生这样的顶级教授在辛勤付出，这点我们自然会铭记在心。事实上，不光是我，我们事务部的全体员工每天上班举行早会时都会心怀感恩地说一声：‘德富先生，谢谢您！’”

下边保在对先前三个人说过的恭维话上又加了些美辞丽句，然后将心满意足的德富送出了门。

“哎呀，各位副院长都记挂着我们事务部的工作，真是难得啊。”

从下边保对四位副院长都极尽阿谀奉承来看，他根本无所谓谁当选院长。而他丝毫不在意飞鸟和保利这样的外人在场，说明他没有一点廉耻感。

飞鸟恢复情绪后继续提问道：“最后一个问题。请问下边部长对宇津津院长去世这件事是怎么看的？外界对这事可是有各种各样的传说。”

“传说？说什么了？谁在说？”

下边保顿时拉下了脸。家丑不可外扬，他显然是担心有不良传闻会影响天大医院的声誉。

“也没什么。只是有传言说，尚不清楚确切的死因，其他并没有什么具体的说法。”见下边保反应激烈，有点胆怯的飞鸟放低了声调。

下边保也随即改变了态度，用肯定的语气说道：“宇津津院长是因病死亡。如同正式公布的那样，他是因心律失常猝死，没有其他可能。四位副院长对此的意见也是一致的。”

8

结束对护理部长和事务部长的采访后，飞鸟和保利又马不停蹄地去找药剂部长和技师部长。

与事务部同在管理楼的药剂部位于二楼。部长服佐容太郎已64岁，按规定，明年就要退休了。网上有几张他的照片，长脸，白发，略肿的双眼露出笑意，给人一种超脱尘世的感觉。

飞鸟事前获悉，服佐容太郎42岁时就已升任为药剂部长，所以决定以此展开话题，“服佐先生当了20多年药剂部长了吧？”

“我可是正常晋升啊。我的前任和前任的前任都干了不长时间就辞职了，我则一干就是20多年。”

身穿白大褂的服佐坐在沙发上，神态悠然地跷着二郎腿，一脸笑容。

“两位前任为什么干了不长时间就辞职了？”

“前任的前任是愤而辞职，前任则是被院长辞退的。前任被炒的原因是他发现了院长开的处方有差错。院长把抗过敏的药和安眠药搞错，他提醒后惹怒了院长。”

还有这种事？飞鸟心里嘀咕着，但看服佐的样子，又不像是在开玩笑。他继续说道：“前任的前任愤而辞职的原因也差不多。这里搞错药、开出奇怪药方的医生实在太多，提醒注意也没有用。这个人太较真。”

哎呀，发怒也是很正常嘛。飞鸟不露声色地继续问道：“像这种开错处方的事经常发生？”

“多啊。本来有些药名就很容易搞混。比如治疗糖尿病的药亚莫利和降压药亚利莫就很容易搞错。非糖尿病患者若误服亚莫利，就有可能因低血糖而陷入植物人状态。属类固醇剂的赛克西松和肌肉舒缓剂赛克欣很容易搞混，误服的话会造成患者呼吸停止。应该开抗生素阿莫林，你却开安眠药阿莫班，病人服药后会酣睡不止；应该开属类固醇剂的泼尼松龙片，你却误开了治疗便秘的泻药番泻苷，患者服了后每天拉稀。这样的例子很多。另外，再普乐和悉复欢，奥洛他定片和奥洛特可片，络活喜片和他莫昔芬，紫杉醇和泰索帝，等等，药名相似，药效却完全不同。你或许会说，光这点相似就把药搞错，太过分了，那是因为你对我们这一行还不了解。不单是把药名搞混，还有把服药量、服用方法、服用天数搞错的。有的人会把互相禁忌的药配在一起，或把注射用药当成内服药，或给消化不良的病人开了抑制胃液的抗酸剂，给头痛的病人开了腹痛的药，给治疗疱疹的病人开了脚癣软膏，真是五花八门，什么都有。有的医生手写处方，因为字迹潦草，实习医生抄方时也会把拉米希尔错写成拉希米尔，把华法令错写成夫华令，把阿尔美他错写成玛尔美他。还有医生把维生素制剂类的潘特生与治疗精神分裂症的潘生特搞错的呢，差点出大事。”

服佐说完冷冷地笑了笑，那笑声就像泄了气的皮球发出的声响。飞鸟听得半是惊呆半是忧虑，脸上浮现出沉重的表情。

“名称容易搞混的药真是不少。制药公司在为药品取名时难道没有想到这个问题吗？”

“制药公司为产品取名时想的只是怎样能多卖出去，能给人对治病很有效果的感觉，这样一来，各种药品名称雷同的现象就出现了。有的制药公司在新药开发完成之前，就已经抢先注册好一个听起来应该会很好销的商品名称，因为下手快才会赢。由此带来的结果是，药品名称只差一个字也能注册。近来，无厂家商标的药品越来越多，这更增加了医院的麻烦。当然，现在制药公司也开始重视起药品名称雷同的问题，有的已在改名。”

“但是，因为提醒开错药而把药剂部长炒掉，这样的院长也太过分了吧？”

“医生当中这样的人很多，地位越高的人这个毛病越严重。这是一种伪自尊心理在作祟。”

“伪自尊心理？”

“真正的自尊心理，往往伴随着谦虚，而这种人的自尊只有自负。”

“那，除了院长以外，其他医生也听不得别人的提醒？”

“有的发怒，有的不开心，也有的做些莫名其妙的辩解，什么人都有。打电话询问，明明处方开错了，他也会说什么

‘我就是这么开的’‘这是我独具特色的处方’‘想试试新的用药法’之类的话，死不认错。有的还会破口大骂，冒出‘你只是个药剂师而已，别对医生开的药说三道四’等歧视性的话来。我想，我确实是不起眼的药剂师，可你算什么呢？无赖医生而已，所以再不多说什么。嘿嘿！”服佐轻蔑地笑道。

可飞鸟无论如何也笑不出来，心有戚戚地问：“开错药，那不是很危险吗？”

“对很明显的错误，或者开的药危险性大，药剂部都会悄悄改过来。毕竟出了事我们这边也是有责任的。”

“悄悄改过来的话，医生知道了会不会蛮不讲理地发火呢？”

“对药品，我们是专业人士，肯定是改过来的药更好。医生对此也有一定的知识，所以一般来说，他们不会有什么不满。”

医生只是有“一定的知识”？

“但其中也有为此发火的医生吧？”

“是啊。对这种医生我们就列入黑名单，让药剂部的人都知道。对于那些一指出错误便跳脚的医生，往往由我来应付。我会说‘对不起，您开的药药剂部正好缺货，但还有相似的药，望您谅解’之类的话，身段一定要放低，态度一定要谦卑，这样很多医生会马上发现是自己开错了药，说一声‘真没办法’也就接受了。有的时候也会有傲慢的医生大声斥骂‘以后库存管理要做好’一类的话，而我总是低头道歉说声‘对不起’。只要对患者有帮助，这样做还是值得的。”

“看来，服佐先生能当这么长时间的药剂部长，正是因为有这样的忍耐力呀。”飞鸟感叹道。

服佐眨着略肿的双眼点点头。

“真不容易。”

“不单单是医生会把药开错，药剂师也会犯错。药品的种类、剂量、服用方法、天数，是一次服下还是分几次服，是内服药还是外用药，外用药的话是点眼、点鼻、点耳，还是吸入、坐药、阴道进药，多种多样。药剂师会搞错药袋，电脑输入时也会读错处方笺，因为一切都是手工操作，出错在所难免。人又不是神仙，对吧？就算是经验丰富的老药剂师，也做不到从不出一点差错。”

“听起来对出差错，您还是能容忍的。”

“不能容忍。我们一直在尽最大的努力消灭差错。我们把容易搞错的药品做成表贴在墙上，对发生的失误事例广为告知，定期举行研讨会，等等。药剂师发药要经过三道确认程序才能到病人手中，对名称相似度较高的药品和危险药品用特殊尺寸和颜色的药袋来区别。药品货架也用不同的颜色区别，标上容易识别的色彩、记号、线条，还随处设置了确认点。但即使这样，仍然无法做到零差错。”

“一旦发现出错，你们会怎么做？”

“坦率道歉，有时还要做好辞职的思想准备。比起那些出了错不道歉、不改正、不负责的医生，我们能做到这样，已经很接近完美了。”

飞鸟朝一旁的保利看了一眼，保利心领神会，开口问道：“作为患者，我们自然会对医院怀有绝对的信任，如果像您刚才说的那样，医生开药和药剂师配药都不可能做到零差错，那让我们该如何是好？”

服佐厚厚的眼皮眯成一条缝，笑得像个老太太，“呵呵，那是你把药想得太重要了。病人总以为开错药是不得了的大事，还害怕药的副作用。其实，大多数药并不是你想的那么有用，所以也就没什么危险性。当然，危险药物还是有的，对于这类药品，医生和药剂师都会慎重对待。而发生差错的都是些即使搞错也没什么大不了的药，病人尽可放心。”

这次是保利看了一眼飞鸟。飞鸟再次对服佐说出心中的不安：“您说有的药即使搞错也无大碍，这让我很吃惊。如果允许这样的药出错的话，那不是危险药品也有可能出错吗？”

“你的意思是说，要彻底消灭差错？通常人们都会有这样的要求，因为大家都希望能保证绝对安全，这是可以理解的，但这不过是不可企及的理想状态。医疗行业本来就具有很大的危险性。说到药品，没有效的就真的一点效也没有；但有的时候，尽管是搞错了的药，它还是会发生药效。”

“您是说安慰效果？”

所谓安慰效果，是指因为心理作用而强化了药物的效果。但无法理解的是，服佐为什么要说那些贬低医生、药物的话呢？

服佐似乎已发觉飞鸟有这样的疑问，说道：“我干了这么多年的药剂师，不得不承认，医疗简直没有什么科学性可言。仅仅是普通的维生素，只要是著名教授的处方，就能治病。同样的药，不同医生的处方，药效完全不一样，药的副作用也因人而异。我甚至相信，患者的性格也会影响到疾病能否治愈，有的简直就是个人命运使然。这些都不是单靠药学能够解释的问题。反正在我眼里，医生开出的药有一大半像是符咒，哈哈哈……”

那笑声听着有说不清的空洞感。飞鸟担心地问："所有的药剂师都有这样的感觉吗？”

“这不可能啊。在我们药剂部，年轻的药剂师都相信药物的作用。他们都暗下决心，绝不能出差错。大多数普通医院的药剂师应该也是一样吧。只有我非常不幸，只能待在天大医院这样的地方干事。”

日本的顶级医院怎么会这样？飞鸟觉得无法理解，可余下的时间已经不多，该话归正题了。

9

“这次院长选举，四位副院长被列为候选人，我想听听药剂部对他们的看法。”

服佐忽地睁开半眯的双眼，发出几声短促的苦笑声。

“循环内科的德富先生毕竟是内科医生，非常重视开药方，但他对自己专业以外的药简直就是一窍不通。循环内科的患者很多是老年人，大多身患多种疾病，遇到这种情况他开药就会出错。比如对合并患有癫痫的患者，应该开抗癫痫的利福全，他却开了治疗高血脂症的立普妥。”

“那怎么行呢？”

“是啊，所以我们给他纠正过来了。消化外科的大小路先生是手术绝对主义者，从年轻时起就喜欢用手术刀解决一切问题，声称服药见效太慢了。他不爱药，却很喜欢到药剂部来串门。”

“为什么？”

“药剂部女人多呀，尽管大家都不理睬他。但是，让人钦佩的是，不管你表现出怎样的冷淡态度，他照样我行我素，热情丝毫不减。”

这样的称赞可真是奇妙。

“他有时会跑来说能不能给配点春药什么的。当他抖开手帕，问有没有比氯仿见效更快的麻醉药时，我不得不劝他离开。”

那个老色鬼脑子里究竟在想些什么。

“整形外科的鸭下先生怎么样？”

“他自恃年轻，有点目空一切。他志向远大，权力欲也强。”

“是不是性子比较直爽？”

“表面上看起来平易近人，但骨子里是不太看得起人的。对前辈，本人不在场的时候，他都是直呼其名。我听人说，他背后还把药剂部称作‘药铺子’。”

看来淡定超脱的服佐，对背后轻视他的人也会生气。

“眼科的百目鬼先生呢？”

“眼科的药主要是眼药水，几乎没有用于治疗的口服药。不过，因为一些眼科患者会有并发症，所以有时也需要开药。这时候百目鬼先生就会来药剂部询问。”

高傲的百目鬼也会这样不耻下问？还真不容易。飞鸟心里不由得感叹了一下，说道：“过来确认一下自然更好。”

“不，不，百目鬼是来询问哪种药最能赚钱。”

原来这样！看着飞鸟傻愣的样子，服佐继续说道：“百目鬼心里有一种自卑情结，那就是眼科是个弱小的科，所以他常常来药剂部，故意给人留下一个只有眼科才关注医院经济效益的印象。他说话三句不离钱字，确实不太像话。”

“是啊。”飞鸟表示同意，随即又问道，“这次院长选举，药剂部多少人有投票权？”

“课长级的高级药剂师3人，股长级的主任药剂师21人，再加上我，总共25人。”

“药剂部最希望哪位当选下一任院长？”

“谁当选都一样。医生是诸侯、重臣，我们只是无足轻重的走卒。”说到最后，服佐摆出一副玩世不恭的样子。

“那我再问最后一个问题，是关于前些日子去世的宇津津院长的事。他的死因，您怎么看？”

服佐露出不屑一顾的表情，冷笑道：“官方已有正式的说法，但我是有疑问的。他很可能不是因病死亡，而是意外死亡。宇津津先生有严重的失眠症，以前常自己来配强效的安眠药。这次，他很有可能是因遇到烦心事而服了过多的安眠药。人服药后会很难受，便摇晃身体，猛击胸口，引起心律失常……可到底怎样，谁知道呢？”

10

离开管理楼回到医院主楼后，飞鸟和保利又乘电梯去位于地下二层的技师部。

“部长室竟设在地下二层，这技师部在大家眼里是不是低人一等？”见电梯里没有其他人，保利嘀咕道。

“地下二层除了技师部外，还有布巾储藏室、锅炉房、太平间等。”

走出电梯，眼前就是技师部的部长室。听见敲门声，52岁的技师部长远井道纪热情地走过来迎接他们，“我早就在恭候两位了。”

眼前的远井部长身穿洗得褪了色的技师服，头戴一顶灰色布帽子，身材高瘦，肤色黝黑，看着一点没有部长的架子，倒更像一个生产现场的车间主任。他的鼻子右侧长有一颗醒目的黑痣，无框眼镜的镜片反着光，难以判读眼神。

飞鸟首先做了自我介绍，然后提出希望了解各位院长候选人在技师部员工眼中的印象。远井用内线电话联系了部下，要他们来部长室接受采访，说还是一线的员工知道得更清楚。

过了一会儿来了四个人，分别是放射科、检查部和手术部的技师长以及视能训练士长。除了手术部的技师长穿着和远井一样的技师服外，其余三人穿的都是白大褂。

飞鸟摊开采访本，说道："今天很高兴能请来各位说说自己真实的想法。我在书中不会指明是谁的发言，所以大家尽可以畅所欲言。"

最先发言的是视能训练士长，她是四个人当中唯一的女性。

"我只熟悉百目鬼先生。只想说一句话，希望他对患者的态度能再和气一点。看眼科的高龄老人比较多，常常有人点不好眼药水，或者忘了复诊的日期，这个时候他总会大发雷霆。他也常会吓唬患者，说什么眼睛有毛病不好好治疗容易引起脑梗死和心肌梗死之类的话。那些患者看着真是可怜。"

接着说话的是目光锐利的检查部技师长。

"说起患者可怜，我要说德富先生了。他完全是把患者看成了研究对象。同一个患者，他会反复采血，为的是获得写论文所需的数据。患者出院他就没法获得数据了，所以在患者住院期间，他会尽可能多地进行检查。"

"他会说出诸如为了慎重起见、为了更安全之类的理由。"个子高大的手术部技师长用半开玩笑的口吻接话道，"大凡这种人想的都是自己有多了不起。像大小路先生这样的人，作为外科医生，受到的评价已经够高了吧，可他还是不满足，总觉得全世界的人都该仰慕他。"

"鸭下先生也差不多。"满脸络腮胡的放射科技师长插话道，“我专门为患者拍片，所以与整形外科打交道的机会比较多。鸭下先生当官的野心之大真让人吃惊。这次是竞争院长职位，以后说不定还会朝政界发展。前几天，我半开玩笑地问他，你没去参加议员竞选？他认真地回答说，没有，我没参加。他还真把我的话当真呢。”

“鸭下先生傲慢得很呢。他背后把我们检查部称作‘检查铺子’。”

这让飞鸟觉得有点意外。看来，鸭下是有背后把医疗辅助部门轻蔑地称作什么什么铺子的癖好。

“不单是鸭下先生吧？”放射科的技师长反驳道，“放射科要做胃镜检查、血管造影，也要做导管检查，所以也会同消化外科和循环内科打交道。大小路先生、德富先生同样也是把放射科的连藤教授当作‘搞检查的’来对待。临时需要加塞时，他们会甜言蜜语恭维你，平时则把放射科当作小科，不愿多看一眼。我们放射科虽然以拍片为主，但也有线性加速器、伽马刀等放射线治疗。连麻醉科的梦野教授都愤愤不平，说麻醉科也有重症监护室，有疼痛门诊，凭什么把麻醉科看成是外科的配角。”

飞鸟眼前浮现出梦野剥皮鱼般的窄脸。他性格温和，从没见过他生气的样子。也许内心有愤懑，只是没发泄出来吧。

“手术部的技师都是被外科医生看不起的。”手术部的技师长抄起双手搁在厚实的胸前说，“我们的工作就是，在开刀医生到来前整理好手术器具，摆放好心电图仪和吸引器等仪器；手术进行的过程中则有同护士一起测量出血量、提交病理标本、调整无影灯、备好X光片或腹腔镜影像监视器等一系列工作；手术结束后，还有打扫整理、器具灭菌、处理废弃物等杂事等着我们去做。这些都是打下手的工作，但也不应该忘记，正是因为有了我们的准备和善后工作，外科医生才能顺利做成手术。是不是这个道理，部长？”

“没错。”远井点了点头。他原先是人工心肺方面的专家，出任部长之前是手术部的技师长。

“如果说手术部的技师是打下手的话，那我们就是侍女了。我们专做一些一看就知道是为了赚取诊疗费的检查，精神上饱受折磨。”已闭口不语好一会儿的视能训练士长说。

“都是些什么检查？”飞鸟问。

“有视力检查、视野检查、眼底检查、眼压检查，还有裂隙灯显微镜检查、荧光眼底造影检查、前房角检查、视网膜电流图检查、眼底三面镜影像解析、光干涉断层扫描等，几乎每个眼科病人都逃不了。医院是赚钱了，但病人却不得不长时间地等待，经受反复的折腾，被弄得筋疲力尽。如果这样的折腾能带来视力的恢复，那也算了；问题是，体质老化引起的眼病，除了白内障外，毫无治愈希望。我们知道是这样的结果，所以心里不好受。就这样，那些高龄老人怀着哪怕能改善一下也好的心理，忍受不便来接受检查。我们担任的是什么角色？这跟帮着奸商骗钱有什么区别？！”

看着越说越激动的视能训练士长，远井无奈地笑了笑说：“即使无法改善，只要能防止视力进一步退化，也算是有用的吧。”

“但不管怎样，也不能通过名目繁多的检查来敛财，更不能没完没了地折腾病人。”

飞鸟心想，这位视能训练士长还是太天真了。在钻到钱眼里的百目鬼看来，只要能赚钱，什么手段不可以使用呢。

“大家是不是觉得，因为有了这次院长选举，四位副院长都谦逊了很多？技师部除了部长和我们四个人，还有20名股长级的主任技师，加起来有25票呢。德富先生每次来检查部都是笑得龇牙咧嘴，一副讨好的样子。”目光锐利的检查部技师长用揶揄的口吻换了个话题。

放射科技师长摩挲着络腮胡接住话茬说：“是啊。鸭下先生也露出亲切的笑容，说着‘平日里承蒙关照’之类的话。”

“大小路先生从前对男技师看都不看一眼，现在也会对着我们微微一笑。不过，这反而让人看了难受。”

听手术部的技师长这么一说，视能训练士长扑哧一声笑了，“大小路先生也是眼科的常客。他那双色眯眯的眼睛一笑，对我们那些女同事来说，反而起了催吐的效果。”

“身处高位却还贪婪，这种人最可怜了。”

“讨好别人也不掩饰一下自己的企图。”

“过去从不把技师放在眼里，现在却说什么技师部的各位朋友是医院的中坚力量。听了直让人起鸡皮疙瘩。”

“百目鬼先生也说什么我做了院长，保证第一件事就是改善视能训练士的待遇。尽管没一个人在听，他还是自说自话。”

四个人用嘲笑的口吻你一言我一语地说着，飞鸟听了不由得心生悲哀。虽然事先已有预料，但还是没想到四位副院长会被说得如此不堪，连她这个外人听了都心灰意冷。一旁的保利看上去也是一样的心情，他若有所失地叹了一口气。

11

见两人都在叹气，一直不怎么说话的远井语速缓慢地对飞鸟说：“技师长处在技师和医生的中间，两头受气，所以他们看医生的眼光总是特别苛刻。我年轻的时候也是这样。但工作时间长了以后，你会发现包括副院长在内的那些医生还有意想不到的一面。比如我每天早上开车上班，7点到达员工汽车停车场时总看见德富先生的车早就到了。有一次我6点半到达，恰巧看见德富先生也刚到，就向他打招呼，他说正在修改准备投到海外刊物的论文。”

“他这么早就上班了？”飞鸟问。

“是啊，他说若是照正常的上班时间来院，就会有各种杂事打扰，无法集中精力。类似的情况也发生在大小路先生身上。有一次我值班，看见手术室亮着灯，进去一看，只见大小路先生正一个人在练习做腹腔镜手术。他从器材库拿出练习箱，用钳子和持针器练习结扎。我问：‘像您这样的外科医生还需要这么练习？’他回答说：‘当然，手术的熟练程度就是由练习量来决定的。相较于感知能力和天性禀赋，练习决定一切。’听说大小路先生年轻时就是练习超人，这才成就了他今天精湛的‘一把刀’技能。”

看来，大小路也并非只是整天追逐女人。

“鸭下先生做完一台手术后，也常常待在休息室写着什么。有一次我问他在写什么，他说在写对手术的反思和需要改进的地方。虽说只是随手记录，却写了密密麻麻很多字，还画了示意图，看着活像达·芬奇的手稿。不管一台手术耗费了多长时间，结束后总少不了这个程序。听人说，鸭下先生不满足现状，一直在琢磨新的手术方式。他坚持认为，新方式不是一蹴而就的，需要不断思考、改进。”

这样说来，鸭下独特的创意，看似即兴而发，其实都是他深思熟虑的结果。

“百目鬼也是一样。他开口闭口都是钞票，但他是个责任感很强的人。上次我看见他让护士给他注射退热针，一问，说是发烧39度。我说您病成这样，就让其他医生代为做手术吧。他把我骂了一顿，说，患者指名要我做手术，我怎么能说话不算数？他女儿车祸入院时，他也是在做完所有预定的手术后才赶去医院。他对部下严格要求，首先做到了以身作则。”

“这倒是。”视能训练士长点头道。

“各位技师长刚才说的都不假，但只是一部分事实。我们且不管四位副院长是白鸟还是黑鸟，在水面之下，他们必定是在拼命划水。光靠运气和才华并不能铸就今天的地位。就算他们在性格上有问题，但在治病救人上面，在献身医学事业上面，他们必定付出了超越常人的努力。”

几位技师长听了都不再言语。看来，远井部长其实是个很有肚量的人。一旁的保利也不住地点头，但飞鸟还是觉得不服气，又提出一个问题。

“在之前的采访中，很多人对四位副院长的评价不怎么好，为什么唯独技师部长会发出如此宽容的见解呢？”

“我并没觉得有什么宽容。我预料到其他人会对他们说些不好的话，所以想告诉你，他们还有另外的一面，仅此而已。那也是他们真实的一面。”

那不是在为他们说漂亮话吗？飞鸟脸上露出狐疑的表情。

远井镜片后面的眼里浮现一丝苦笑，接着说道：“因为我是这样的性格，所以四位副院长都愿意来找我发发牢骚。其实他们都非常孤独。为了保持脸面拼命努力，在竞争中把自己弄得疲惫不堪。这些从小就没输给过别人的人，常常对挫折和失败抱有恐惧感，真让人同情。他们除了为患者看病和搞研究，还要解决医局内部纠纷、人事问题。他们要申请科研经费，与厚劳省、文科省交涉，对上层官员疏通关系，与政府部门建立合作，应付媒体的监督，等等，这些都占用了他们的休息时间。听说他们每天的睡眠时间只有四五个小时。此外，他们还得留意自己的健康状况，保持体力和头脑始终处于最佳状态，这样才能持续高效地工作，不停地奋斗。你知道了这一切后，就不会因为他们身上有一些性格上的毛病，而全盘否定他们。”

“四位副院长确实都挺不容易。那么，在远井部长看来，哪位副院长最适合出任新院长呢？”

“我觉得谁当选院长都是好事，因为他们都怀着要保持天大医院在日本处于顶级地位的使命感。干得好，才显现出自己的能耐，所以不用担心，谁上任都会竭尽全力的。”

为了自己而努力，所以一定能得到最好的结果，这个道理倒也说得通。于是飞鸟抛出了最后一个问题。

“这次我对医生以外的所有医护部门负责人都进行了采访。宇津津院长突然去世后，外面有很多传说，不知远井部长是怎么看待这件事的？”

飞鸟原以为也会得到差不多相同的回答，没想到远井的反应是低下头，而眼镜镜片的反光也让人无法看清他的目光。

“怎么了？”飞鸟问道。

远井还是低着头。过了一会儿，他嘴里蹦出一句出人意料的话：“我觉得，宇津津院长是被人杀死的。”

12

回家后，飞鸟开始整理采访笔记，晚上8点过后，门铃响了。她透过监视器一看，门外站着两个陌生男子。上了点年纪的男子举起一个黑色卡片盒模样的东西说："贸然上门，给你添麻烦了。我是警视厅搜查一课的乡田雄二郎，他是我的同事林孝义。我们有事找你。"

一听是警视厅的人，飞鸟顿时紧张起来，结结巴巴地说："找我有事？什么事？我可没干过什么坏事。"

"不是你的事。"

"那到底是什么事？"

对方沉默片刻，然后压低嗓音，像是怕被人听去似的说道："我们是为天大医院宇津津院长死亡一事来找你。"

第七章

有趣的巨塔

1

大小路笃郎手握盛有马提尼酒的酒杯，一双有些斜视的眼睛望着窗外，普鲁士塔酒店42层休息厅的豪华皮沙发似乎牢牢吸住了他汗津津的手。

“能同你这样的漂亮女孩共度闲暇时光，真是一件快事。”大小路兴奋地低声说道。

“嘻嘻。”坐在一旁的女人发出娇媚的笑声。

女人虽不胖但很丰满，长着一张少数族裔人才有的五官清晰、轮廓分明的脸，正是大小路喜欢的长相。

两人得以相会的契机，是前两天由一家医疗器械制造商举办的招待性研讨会。走过场的学术讲演之后，便改换场所举行联谊活动，大小路在这个场合结识了她。

“您就是大小路先生？很荣幸能见到您。”

女人说，她对外科学界的权威大小路先生早有耳闻，并心生敬仰，说着递上印有彩照的名片。原来她是“AZ美容公司董事长兼总经理”。

大小路手拿名片，从头到脚打量着眼前的女人，海驴般的脸上渐渐浮现出喜悦之色。

“没想到你年纪轻轻就已经是董事长兼总经理了，钦佩，钦佩！”

“哪里，哪里！在先生您这样大名鼎鼎的权威面前，我们小公司肯定无足轻重。”

女人目不转睛地看着大小路，脸上泛起了红晕。大小路并不认为这样年轻漂亮的女人对自己抱有好感会是一件蹊跷的事。他觉得，自己是天大医院消化外科教授，顶级医师，到了这个层次，社会各界有“粉丝”并不是一件奇怪的事。“粉丝”当中恰巧有个长相靓丽的美女，也没什么不自然；而这个美女又恰好喜欢成熟类的男人，那更不是什么不可能的事了。不，确切地说，这应该是老天有意为他安排的“天仙配”。

当天，大小路还有与制造商的应酬，两人就这样分手了。第二天一早，他连忙发短信邀请美女吃饭。在准备发送短信的时候，和过去一样，大小路还是犹豫了一下。在这之前，不知为何，有好多次他明明认定这是个对自己有好感的女人，可发出的邀请却被拒绝了。不过这次不一样，女人马上就回了短信，话语中还有点撒娇的意思：“能受到大小路先生的邀请，真让人恍若做梦一般。方便的话，就定在普鲁士塔酒店吧。”

大小路在酒店二楼的高级餐厅订了餐，餐后又和美女一起前往酒店顶层的休息厅。走出电梯的时候，女人很自然地挽起了大小路的胳膊。有戏！大小路的心脏一阵狂跳。他现在想的是，赶快离开这里，前往最后的目的地，也就是六本木的高级爱情旅馆。

喝干了鸡尾酒，大小路瞄了一眼手表说：“喝太多不好。差不多了，我送你回去吧。”

提早这样说，一般女人都会有一种意犹未尽的感觉，也有安全感。而大小路的“套路”是，两人先是一起搭出租车，然后他死乞白赖地把女人拖到酒店。

但是，这个女人的反应却不一样。

“我还没喝够嘛。”女人任性地说。她是怀有戒心，还是真的爱喝酒？就在大小路捉摸不透的时候，女人凑近他的耳旁低声说：“不是在这里，是去我的房间。”

她从包里悄悄拿出房卡。她开了房间？大小路心里窃喜。幸福真是来得太突然了。他现在唯有一个念头，快点和这个女人上床。

两人离开休息厅，乘电梯下到24楼，用房卡打开门后走进房间。顶灯的照耀下，一张双人床赫然在目。

女人脱下鞋子，将包轻轻放在枕边。她不说一句话，只是盯着大小路看。她是不是觉得说话都成了多余？大小路靠前一步，女人后退一步。

“不……”

什么都没做呢，女人却摇着头。都到这里了，还顾忌什么呢？大小路不明白。就在这时，女人伸手拉下后背的拉链，但才拉了一半又停下了。

“啊，怎么停下了？”

“先生别急嘛。”女人娇羞地说。

过了一会儿，女人轻抹衣衫，挺起胸脯，乳沟清晰可见。大小路不禁伸出手来。女人“啊”的一声倒在了床上。

"不，不行！啊，啊……"女人就像是在表演独角戏。见大小路只是直愣愣地站在床边，女人又噘起嘴唇，做出索吻的样子。

"行，行！现在看我的。"

就在大小路将厚厚的嘴唇凑上去，闭上眼睛准备接吻的时候，女人扑哧笑出了声。

大小路猛然想起什么，朝枕边瞥了一眼，看到女人的包是开着口的。他飞快抓起包，将里面的东西统统倒在床上。

"住手！你要干什么！"女人慌忙阻止，但还是晚了一步。大小路看见一支录音笔掉了出来，REC的指示灯正一闪一闪地发着红光。

"谁指使你干的？"

面对严厉的责问，女人只是躺着不说话。大小路带着些许不舍，慌不择路地离开了房间。

好险！要是稀里糊涂地下了手，以后必定会成为院长选举中被人攻击的靶子。但是，究竟是谁如此卑鄙，设下这样一个圈套？大小路脑海中顿时浮现出另外三位候选人的面庞来。

2

傍晚6点半，鸭下来到医院地下停车场时，发现自己的宝马车旁停着一辆小型黄色面包车。两车靠得特别近，相距大概只有25厘米，以至于他无法打开车门上车。

鸭下不死心，还是试了试。他先朝车里伸进一只脚，然后仰着身子想坐上驾驶座，结果还是不行。那辆面包车好像是计算好了距离，故意不让他坐进车里。

鸭下无奈地摇着头，绕到汽车另一侧。不过想越过副驾驶座坐入驾驶座可不是件容易的事。他的宝马车是跑车型的，不但车顶低，正副驾驶座位之间的扶手箱也特别宽。他两只脚先后跨过副驾驶座，费了很大的劲才坐进了驾驶座。这一番折腾把鸭下惹得火冒三丈，他猛踩油门，气呼呼地驶离了停车场。

第二天，他到得稍晚了些，停车场基本上没什么空位了。他慢慢开着车寻找车位，正好看见有一辆车要驶离，于是停下车等待，并打开双跳灯，示意本车将倒车入内。当那辆车开走后，他准备倒车进入车位时，后方一辆黄色汽车抢在他前面快速驶入了车位。这车正是昨天妨碍了他进入驾驶室的面包车。

“喂，你别抢啊，那是我正准备停车的车位！”鸭下钻出车喊道。

面包车司机毫不理睬，下车后就走。

“你等一下！昨天乱停车的也是你吧？”鸭下大声责问。对方只稍稍侧转了脸，露出一丝嘲讽的笑容。

有点面熟。没错，是眼科的百目鬼。这人就是这德性，总爱抢占车位。

那天下午，鸭下离开医局，有事要去研究楼。从医院到研究楼有二楼和五楼两条通廊可达，鸭下走的是五楼的通廊。当他办完事循原路返回时，看见靠窗处站着个陌生男子。鸭下也没多想，走过此人身边时却听到一声嘀咕：“哼，装着不认识似的！”

“什么？”鸭下站住脚问道。

“你倒乐得逍遥自在。”那人冷笑一声。

鸭下抓住对方肩膀扳转身，原来是那个面包车司机。近在眼前，才发现原来不是百目鬼。不过两人长得确实比较像。

“你跟我到底有什么冤仇？”

“听说你逼老婆穿网纹裤袜，穿空姐制服，还玩动漫真人版，你这是变态吗？”

这是以前院内开讨论会时德富爆出的丑闻，现在那人又提起此事挑衅鸭下了。

“你曾给一名患者做过腰椎间盘突出手术。因为手术过程遭受了极大痛苦，事后他到处说你是个庸医，只会故弄玄虚。”

“你胡说八道！我做过的手术，患者都是愈后很好的。”

“你别自我感觉良好了。你周围的人都无视事实，只是一味恭维你。你不觉得自己是没穿新装的皇帝吗？”

鸭下再也受不了了，愤然挥起了拳头。那人见状不但没有躲开，反而扬起了脸。正要出拳的鸭下一抬头看见了天花板上的监控摄像头，吓得慌忙放下手。

好险！在这里动手的话，整个过程都会被录下。这事要是一曝光，对他竞选院长可是大大不利。

“谁指使你干的？百目鬼，还是德富？”

“切！发现了？眼力倒不差！”那人丢下这话后，一溜烟走了。

3

身穿藏青色细条纹套装的男子一走进教授室，便做出证券交易员的规范动作，深深地鞠了一躬。

百目鬼洋右连忙请他在沙发上坐下。那人递上写有“黄金国证券公司营业主任”头衔的名片，看上去好像是专门从事网上交易的。

“像百目鬼先生这样眼光锐利的人，在网上证券交易中必胜无疑。”那人说着便取出笔记本一一介绍起来，从期货买卖到刚上市的新股票、海外短期公债投资信托债券，说得百目鬼两眼放光。

“丑话说在前面，我投资可不想损失一丝一毫的利益。我寻求的是利益最大化，这是我的方针。”

“明白。您要的是零风险、高收益。”

说话间，那人从皮包里取出一包东西，“不好意思，请笑纳。”他打开包装，里面是一个装得厚厚的信封，“权作见面礼。”

百目鬼用手指按了按，里面的钞票不少，“有200万吧？”

他为何这样？若是给接下来的院长选举带来麻烦，岂不因小失大？是要这眼前的200万，还是当选院长后的权力和利益？左右为难啊！

“资助人是谁？”

“怎么了？”

“只是想问一下钱的来路。”

那人这才发觉是百目鬼误解了，笑道：“这是我们的一点点心意，请随意花。”

“是不是背后有什么人唆使？”

“您想多了！我们只是单纯向百目鬼先生提供支持。我们仅仅是希望，先生一旦当选院长，可以把集聚的资金交由敝公司来运作，如此而已。”

“是吗？那太谢谢了！”

当百目鬼将手伸向信封时，那人摸了下上衣胸袋里的钢笔。

“干什么？”

“方便的话，请您在收据上签个字。”

“这钱还要用收据签字？”

“这只不过是敝公司内部必需的手续，我们有专门的暗语替代。”那人说着从皮包里取出文件夹和圆珠笔递给百目鬼，“签名用首字母就行。”

百目鬼用圆珠笔写下Y.D.后，突然想起前些日子看的电视纪录片里的一个场景，洛克希德事件中，商社干部在活动资金的收据上签下的就是自己姓名的首字母。

他猛然抬起头，发现那人上衣胸袋里的钢笔正对着自己。

他一把夺过钢笔，发现笔套顶端有个微型镜头。

“原来是隐蔽式摄像机。是想拍下我在收据上签字的场景吗？赶快带着钱滚蛋！”百目鬼虽然有点不舍，但还是把信封推了过去。那人扭歪着脸，把信封塞入皮包后灰溜溜地走了。

百目鬼回到办公桌后坐定，冥思苦想起来。能拿出200万日元陷害我的人，一定经济充裕。最可疑的是与制药公司来往密切的德富，但鸭下因为岳父是天都大学的校长，也是有钱人。而大小路也是有可能的，病人的红包、医疗器械制造商的回扣他可是收了不少……

这样看来，是我百目鬼最穷了！想到这里，他恨得直咬牙。

4

那个女人一走进教授室便惊得迈不开步了。四壁再加上地板、天花板都镶着镜子，给人一种踏入无限空间的错觉。

德富恭一脸上带着自负的柴郡猫式笑容请女人在椅子上坐下。

“你这么年轻就已经是首都医学中心的部门负责人了，前途无量啊！”

女人看上去35岁左右，一张扁脸上海葵似的假睫毛特别显眼。

“我今天上门，是想请德富先生做我论文的末位作者。”

所谓“末位作者”是指一篇学术论文共著者的最后一位。通常来说，第一作者都署所在单位的首席专家。

“这倒是第一次遇到。我记得首都医学中心的首席专家是笹冈先生，对吧？”

“是的。笹冈先生说，请德富先生务必做论文的末位作者。”

首都医学中心拥有一批充满锐气的研究人员，但是同天都大学比起来，名声还差了一大截。笹冈请德富出面，大概也有这方面的原因。

接着，女人概述了一下撰写论文的经过。

“我这篇论文的主题是关于心肌细胞的再生问题，开发一种能让骨骼细胞获得多功能性，并促进心肌细胞分化的技术。我曾投稿给《自然》，但被退回了。为此我征求了一下笹冈先生的意见。笹冈先生说，你即使重新改写一遍也不会被轻易采用，还不如借用一下循环内科的权威德富先生之名，或许能提高论文的可信度。”

这倒是个不错的机会。论文若能采用，自己不费一点精力就能增加一篇发表在《自然》上的论文，在学术界又是一个重大业绩，对院长选举中的胜出也是有利的。

“能不能给我看一下论文？”

“好的。”女人取出论文原稿递给德富。心肌细胞再生与德富擅长的心肌内质网研究还是有一点距离的，但都属于心肌范围，也算是近亲吧。德富快速浏览了一下，发现论文的结构、配图都做得很好。

“不错，到底是笹冈先生指导下完成的论文。”

“得到德富先生的肯定，我更有信心啦。”女人高兴地双手合掌道。

德富从墙壁、天花板等多种角度全方位欣赏着女人的身体。脸是扁了点，但胸大。

“我已经把所有的宝都押在这篇论文上了，请德富先生无论如何帮个忙。”

“嗯，行。”

“谢谢您！这样我付出的劳动也算没白费了。”

望着满心欢喜的女人离去的背影，德富总觉得哪里不对劲。

女人走后，他把副教授叫了进来。

“替我查一下这篇论文，赶快。网上应该有论文查重的网站。”

“明白。”

德富的感觉是对的。两个小时后，副教授一脸严肃地进来报告了。

“这是十足的假货。翻拍图片，改换数据，抄袭他人论文，可疑之处不胜枚举。”

要是一不留神成了这篇论文的末位作者，德富就会成为假论文的责任人而遭到记者的围攻。在院长选举前夕发生这样的丑闻，带来的致命性是不言而喻的。

德富立即给那女人打电话，拒绝了她之前的请求并质问：“是谁指使你这么干的？”

电话被无声地挂断了。他又打电话给首都医学中心主任笹冈，得到的回答是根本不知道有这回事。

5

在结束对天大医院药剂部长和技师部长采访后的当晚，飞鸟没想到在家里等来了两名刑警。他们说要向她了解一下有关宇津津院长死亡的事。

“吉泽小姐，听说你对天大医院的副院长做过采访?”那个叫乡田的年长刑警一看就知道是经验丰富的老警察，而那个姓林的年轻刑警目光锐利，看上去也很能干。

“你在采访中如果有关于宇津津先生死亡方面的信息，请告诉我们。”

“警察上门了，看来还真的是有疑点呢。”

“还真的是有疑点——这话什么意思?”乡田敏锐地问道。

“对宇津津先生之死，我听到了各种各样的传闻，有的说是自杀，有的说是意外死亡。现在引起了警方注意，那就是说，还有可能是谋杀。”

“能不能先回答我们的问题? 请吉泽小姐把了解到的与宇津津先生死亡有关的内容尽可能具体地告诉我们。”

警察的强硬态度让飞鸟颇感不快，但她还是按顺序将自己在采访中获得的信息一一道出。

“我在采访消化外科的大小路先生时，他说过一句‘夫人可是个大美人’，后来发觉说漏嘴了，赶紧岔开话题。”

“他说的夫人应该就是利佐子夫人了。”

“我还听脑外科的花田先生说，利佐子夫人没有叫救护车，而是先联系了副教授小坂井先生，这有点奇怪。还有传言说，小坂井先生与利佐子夫人关系不正常，宇津津先生也有可能成了他们的障碍。”

“意思是说两人合谋杀了人？”

“没说那么具体。花田先生好像也只是怀疑可能是谋杀。与此有关的六个人都有动机。”

“动机？”

“利佐子夫人有出轨的问题。小坂井先生除了偷情以外，还有一点，只有宇津津先生死去，才会空出教授的位子。而四位副院长也都等着坐上院长的交椅。”

林向乡田投去询问的目光，见乡田点点头，便继续做记录。飞鸟像又想起了什么似的补充道：“花田先生还说，自杀的可能性也很大，因为宇津津先生当时正在为医院的运营改革伤透脑筋。”

“有那么严重吗？”

“具体就不清楚了。认为自杀可能性大的还有一个人，就是护理部的蓬莱部长。说是急救部的护士曾发觉宇津津先生的情绪很低落。”

乡田撇着嘴，做出一副事不顺意的表情。林也是一脸严肃不停地做记录。

“也有人认为，正如通告中说的那样，宇津津先生是因病死亡，如事务部长下边。”

“还有呢？”乡田好像对下边不感兴趣。

“药剂部的服佐部长怀疑是意外死亡。因为宇津津先生曾自己配了强效安眠药，服佐部长怀疑他可能是服用了过量安眠药造成眩晕，猛击胸口引起心律失常。”

“有什么依据吗？”

“好像也只是猜测，因为他最后又说了一句‘可到底怎样，谁知道呢’。”

“怀疑被杀的除了花田先生还有别的人吗？”

“技师部的远井部长好像也有同样的疑问，只是他没有说出背景和理由。”

“哦……”乡田沉吟道。

林停下手中的笔，与乡田对视了一下。

“还有，只要别人一提到宇津津先生的名字，四位副院长就惊慌失措，神态极不自然，要么吞吞吐吐前言不搭后语，要么竭力撇清关系。”

“四个人都是这样？能不能说详细点？”

飞鸟回想着当时的情景，一五一十地说了起来。乡田不住地点头，林则一言不发，只顾埋头记录。

“其他还有什么人谈论过宇津津先生的死？”

“麻醉科的梦野先生好像也接受不了现有的结论。”飞鸟把那天在打高尔夫球的路上听到的话说了一遍，“梦野先生说，宇津津院长对人临终前的痛苦极度恐惧。”

两名刑警再次交换了一下眼色，脸上浮现出困惑的表情。

飞鸟接着说道："也不知道他说这话是什么意思。我还以为他是想起了安乐死，就问了一下，好像也不是。"

"明白了，谢谢你的配合。"乡田说着站起身，林也跟着站了起来。

就这么回去了？飞鸟忙问道："既然警方已经开始调查此事，说明它可能是一起刑事案件。你们是获得了重要证据，还是接到了医院内部员工的举报？"

"啊，这个……"

"刚才我如实回答了你们的提问，现在该轮到你们回答我的问题了。"

"对不起，警方的侦查信息现在还不能透露给你。"乡田的态度再次变得强硬起来。

真狡猾！

不容飞鸟多想，乡田已转过身，与林一起离开了她的家。

6

几天后，飞鸟被梦野叫去。自从采访德富后，这是她第二次登门医学部部长室了。

“百忙中把你叫来，难为你了。”梦野的窄脸上堆着笑容，从办公桌后站起身迎了上来，“现在已定下一个月后举行天大医院的院长选举，所以两个星期后就要接受候选人申报。”

“候选人就是四位副院长吧？”

“说起来真是难为情，这四个人到现在还在争吵不休。如果就这样举行选举的话，不管是谁当选院长，都会留下后遗症。”

医学部除了部长之外，也要依靠院长的支持。看来梦野也是忧心忡忡。

“各位候选人现在都在暗中抓紧活动，阻碍别人当选。如果袖手旁观的话，真不知还会发生些什么匪夷所思的事来。我冥思苦索，终于想出了一个主意。”

飞鸟不由得探出身子，很想知道梦野想出了什么主意。

“为了将医学部的教授进一步团结起来，我打算搞一场联谊派对活动。”

“联谊……派对？”

见飞鸟脸上露出失望的神情，梦野连忙解释道：“这可不是一般的聚会，我们打算包一艘豪华游船，举行海上派对。各人都可以带上夫人一起参加。到时衬着东京湾的夜景，在优雅的氛围中，人人感受作为一名医学部教授的荣誉感，自觉意识必定有所增强。我想，这次活动若能取得成功，大家一定能忘却各种无聊的名誉欲、权力欲，众志成城把医院管理好。”

“主意不错……”

飞鸟虽然表面上点头称是，内心却无法认同。那些浅薄自私的教授，靠一场海上派对就能改过自新了？

梦野像是看出了飞鸟的疑虑，继续说道：“当然，我也不奢望办了一场派对就能一劳永逸。今天我找吉泽小姐商量的一件事，就是想请你以观察员的身份，出席这次派对活动。”

“让我参加？”

“天都大学的教授尽管在医院里无所顾忌，为所欲为，但很在意外界对他们的评价。事先放风让大家知道你正在准备创作一部讲述天大医院内幕的非虚构作品，那些不愿在作家心目中留下坏印象的教授，都会变得彬彬有礼起来。”

“噢。”对于这个解释，飞鸟倒是有点认同。作品讲述天大医院鲜为人知的真实故事，也与延明出版社保利的创意相吻合。不管是能促进各位教授握手言和也好，还是能获得他们自然流露的内心真实想法也好，对飞鸟来说都不是坏事。

“我们准备以追思已故宇津津先生的遗德，增强教授之间感情联络的名义举办这次聚会。届时将邀请宇津津先生的遗孀利佐子和宇津津先生的直属部下小坂井副教授一起参加。两人若能到场致辞，追忆一下宇津津先生的生前功德，必定能给现场营造出沉静、凝重的氛围，也就不会出现无聊的争吵现象了。”

“明白了。我不知道自己能起多大作用，但一定会参加。”

“谢谢！这样，我们天大医院也就有救了。”梦野搓着双手，缺乏血色的脸上绽开了笑容。

7

海上派对在下周的星期五如期举行。

包括副院长在内的19位临床教授，基础医学的14位教授，护理部、药剂部、技师部、事务部的8位干部，再加上各位的配偶，总共有80人参加活动。

上船地点在台场的五彩城栈桥。游船晚上8点起航，航行将经过东京门户大桥、彩虹大桥等景点。

飞鸟请保利陪同，提前一小时就出门前往栈桥。她穿的是迷你型的藏青色无袖晚礼服，保利则是一套深灰色无尾晚礼服打扮。衣服都是在租衣店租的。

码头上停着一艘纯白色大型豪华游船，在灿烂夺目的灯光照耀下，宛如“光之国”的入口。一上船，飞鸟和保利就看见梦野已等在会客室迎候客人了。

“今天请多多关照啊！”

即使穿着黑色无尾晚礼服，梦野还是免不了给人贫寒的印象。他身边站着一个戴黑框眼镜的男子，貌不惊人。

“这位是放射科的连藤源教授。”

“您好。”飞鸟礼貌地打招呼道。连藤也拘谨地回了礼。

“我在这里迎接客人，你们先进会场吧。”梦野催促道。

两人于是朝第三层的全景甲板走去。一出走廊，眼前便一亮。只见一串串彩灯从桅杆顶端向四周延伸，灯光映照在早已摆放好的豪华餐具上，发出耀眼的光芒。

“嗬，真奢华啊。”保利感叹道，松了松晚礼服的领口。

为避免因座次先后而出现争执现象，这次派对只有餐桌，没有椅子，客人们都得站着进餐。

保利问飞鸟：“你觉得这次选举从目前来看谁处于优势？”

“这个判断有点难。听说，这次选举是先由医院的职员进行一次性投票，如果没有出现超过半数票的候选人，就让票数最多的前两位在教授会上对决。也就是说，最后很可能是在教授会上见分晓。”

“那，教授会上各派系的力量分布情况怎样？”保利追问。

“目前我的分析是这样，”飞鸟从包里拿出一张小纸片，“除了肾内科和内分泌科的教授不在院，缺两人外，德富派有消化内科的伊调、呼吸内科的牌胜、血液内科的茅野、神经内科的伊丹，大小路派有呼吸外科的灰野、心脏外科的针野、脑外科的花田，鸭下派有泌尿科的香澄、儿科的鬼怒川、妇产科的本间，百目鬼派有耳鼻喉科的耳成、皮肤科的羽田野、精神科的间户，未定的有麻醉科的梦野、放射科的连藤。上述除了德富有四人外，其他都是三人。”飞鸟停顿了片刻，继续说，“这仅仅是临床医学的教授，基础医学的教授还不清楚。他们在选举医学部长的时候一大半都是梦野的支持者，所以情势变化的可能性还是很大的。也正因为如此，由梦野提议举行的这次派对，各候选人都不得不参加。”

过了一会儿，教授们带着各自的夫人三三两两地上了船。与飞鸟见过面的教授见到她都会爽快地打招呼，有的还开玩笑地说：“写到咱时笔下留情啊！”看来，梦野的宣传工作做得很有效。

又过了一会儿，四位副院长携夫人也陆续上船了。飞鸟对四位副院长本人自然已很熟悉，但还是第一次见到他们的夫人。

最初现身的是身穿银灰色无尾晚礼服的百目鬼及其夫人。夫人因为美容失败，做不成黛薇夫人反而得了个黛薇尔夫人的绰号。果然，她脸上斜向抽紧的眼睛看着有点怕人。看来传说她凶神恶煞般骂百目鬼“笨蛋”也是实有其事了。

接着到达的是大小路夫妇。传说大小路夫人的三围尺寸都是100厘米，看来所言不虚。为掩饰身体轮廓线，她今天穿了一件宽松式的黑色礼服。尽管如此，那草编炭包似的体形还是一眼就能看出来。

第三个到达的是鸭下夫妇。那次院内讨论会上曾爆出鸭下让夫人穿网纹裤袜或空姐制服，玩动漫真人版。眼前的鸭下夫人瘦骨嶙峋，缺乏魅力，让人怀疑这样的女人扮演动漫角色有何趣味可言。

最后登场的是德富和夫人。乍一看，夫妇俩举止优雅，但夫人一袭长裙一看就是商店甩卖的廉价货。她帽子、手袋、首饰一件不缺，印证了德富喜欢在伊势丹大量购买促销商品的传说。

全场洋溢着庄重、热烈的气氛，但底下却涌动着诡秘的暗流，大有一触即发之势。有好几位教授，包括副院长，都遮遮掩掩地提着个很大的皮包。见梦野和连藤也上来了，飞鸟说了自己的担心。梦野脸上露出神秘的笑容，说道："别担心，我早留了一手。"飞鸟定睛一看，见梦野手里也拎着个沉甸甸的手提包。

8

起航的时间快到了。

就在梦野往前面走了几步之后，全场的气氛陡然一变。只见后边的走廊里走进来一对与众不同的男女。身穿无尾晚礼服的男子40来岁，长相英俊。女子身穿黑色晚礼服，头上是一顶带网罩的黑色帽子，戴着一副浅色墨镜，看上去也是40多岁的样子。虽然隔着网罩和墨镜，仍可看出这是个颇有姿色的女人。

“这两位是什么人？”保利见状连忙凑近飞鸟，低声问道。

“应该是宇津津先生的遗孀利佐子和急救部的小坂井慎副教授。”

“这两人已有绯闻却还一起出场，分明是在公然挑战嘛！”

两人不顾全场人齐刷刷投过来的目光，慢慢朝前方走去。

过了一会儿，乐曲声响起，游船徐徐滑出码头，朝海上驶去。天空一片漆黑，远处台场的高楼群灯光璀璨，摩登味十足。

梦野走上台，站在了麦克风前。

“晚上好！各位在百忙中抽出时间参加今天的活动，殊为难得。今晚，我们相聚一堂，缅怀宇津津院长的遗德，共商天大医院未来发展大计，将是一次非常有意义的聚会。”

掌声随之响起，其中还夹杂着几声口哨声。梦野继续说道：“现在，让我们先请宇津津院长的遗孀利佐子女士致辞。”

这次的掌声稀落了很多。利佐子缓缓走上台，先朝梦野鞠了一躬，然后面向麦克风，没有一丝怯场的神色。

“我的先生自从担任天大医院的院长后，便日日为医疗的改善、医院的发展辛勤操劳。看着他废寝忘食、殚精竭虑的样子，我心中不由得升起敬意。”

全场的气氛开始变得奇妙莫测起来。站在飞鸟近旁的大小路自言自语道：“唔，果然是美女，待会儿和她交换一下邮箱地址。”

“先生倾注热情，忘我投入工作，也让我担心起他的健康状况来。”利佐子继续说道，“他有严重的失眠症，经常喝烈性酒、服用大量安眠药来帮助睡眠。当初我要是再多费点心思，多加注意的话，就不会是现在这样的结果。想到这些，我非常后悔。”

利佐子说话的样子看不出一丁点表演的痕迹。但随着时间的延长，全场四处开始发出各种不满的嘀咕声：“说的比唱的还好听”“水性杨花的女人”“红杏出墙”……

“警方也将利佐子夫人列为怀疑对象了吧？”保利再次询问飞鸟。

“是的，但并没有重点怀疑她。”

利佐子的致辞结束后，在梦野的示意下，小坂井领头举杯道："恭敬不如从命。恕我冒昧先说上几句。"

小坂井在称赞了一番宇津津的功绩后，也表示，希望全院上下能团结一致，共同为天大医院的发展献计献策。在他说话的过程中，场下也是窃窃私语不断："以下犯上的贼""真是寡廉鲜耻""想发迹想昏了头"……

举杯敬酒之后，便是大家畅叙的时间。四位副院长瞄上了基础医学的教授们，展开攻势套近乎，使出各自的浑身解数，想竭力给人留下良好印象；而护理部、药剂部、技师部、事务部等二线部门的干部则聚在餐桌旁，心思全在手中的餐盘上，只想着如何把菜堆得更满。站在台前的梦野与利佐子和小坂井在说着什么。飞鸟瞅准机会走上前去。

"这位是非虚构作家吉泽小姐。"梦野向两人介绍道。

飞鸟也不说上几句客套话，直接对着利佐子说道："宇津津先生突然离世，夫人一定是受到了巨大打击。"

"嗯，再也不想提起……"

"听说连救护车都来不及叫。"飞鸟故意随口说道。

"我真的不愿再去回想那天晚上发生的事。"利佐子显然不愿接这个话题，墨镜后面的目光也变得锐利起来。

"对不起！那天，接到电话的小坂井先生也大为吃惊，是吧？"飞鸟转而询问小坂井。

"是啊，太突然了！因为那天白天我看宇津津院长并没有什么异常。所以，很可能是他身为院长压力太大，积劳成疾了。"小坂井的回答出乎意料地坦率。

"并没看出身体有什么问题？"

“一点看不出。我想，也正因为如此，夫人才大受刺激。”

听着小坂井的话，利佐子低下了头。小坂井用解释的口吻继续说道：“外边有人怀疑说，为什么出事时夫人不叫救护车，而先联系我。他们不想想，我可是急救部的副教授啊！相比那些跟着救护车来的急救人员，我更懂得如何采取急救措施。夫人首先想到联系我，这是再正常不过的事。”

这话说得也有道理。

“小坂井先生到达时，宇津津先生已无获救的可能了？”

“很遗憾，身体已开始僵硬。”

尸体僵硬一般出现在人死亡两个小时后，而开车从小坂井的家到宇津津的家，路上大概需要半个小时。也就是说，当利佐子发现宇津津出事时，他已经死了大约一个半小时。

“然后你将宇津津先生送到天大医院，并联系了四位副院长，是吧？这又是为何？”

“将遗体送往医院是理所当然的事，而联系医院的领导也是我应尽的义务。”

“听说是因心律失常猝死。恕我这个外行问个问题，为什么不做尸体解剖就对死因下了结论？”

“那是德富先生做出的诊断。他说宇津津先生的心律失常毛病以前也曾发作过。”

小坂井刚说完，利佐子就像再也忍受不了似的大声说道：“别问了好不好？你到底想干什么？刚才不是说了吗，我再也不想提起那晚的事了！”

“对不起！我不知不觉又露出写作者追根究底的本性。请原谅！”飞鸟慌忙道歉。

利佐子似乎还是余怒未消，“梦野先生，为什么要让我遭受这样的侮辱，叫一个局外人在这里刨根问底地打探？是不是宇津津出了事全得由我担下责任？”

“没有的事！夫人生气也是情有可原。我向你道歉！”

“我心情坏透了，好想休息一下，请替我准备个房间。”

梦野连忙叫来轮船事务长，请他为利佐子准备个房间。

9

游船在开过了彩虹桥后便掉头驶上了返程。眼前，打上泛光灯的东京塔等建筑物构成了一幅璀璨的夜景图，但参加派对的人的心思都不在观景上。四位副院长和他们的支持者表面上仍保持着社交礼仪，一副彬彬有礼的样子，暗中却都在加紧活动，或讨价还价，或许诺条件。

不知不觉中四位副院长都围在了梦野的身边，飞鸟和保利站在不远处观察着他们的动静。梦野好像在反复强调，要阻止医疗危机，医师的团结十分重要。他在努力促使各方和睦相处。四位副院长听了一边频频点头，一边似在极力称赞梦野高瞻远瞩。但显而易见，他们内心真正想的却是绝不放过任何一个可以将对手推倒，自己拔取头筹的机会。

打响第一炮的是鸭下。

“正如梦野先生说的那样，医生之间互相体贴是很重要的。身为院长，必定事务繁忙，所以必须要有健康的体魄。而百目鬼先生和大小路先生皆已年过六旬，都有罹患运动器官综合征的危险，所以还是知难而退为好。”

所谓“运动器官综合征”，是指一个人因运动功能减退需要护理的状态。大小路听了立即反驳道：“身体健康跟年龄并没有必然的关联。鸭下君虽然年轻一些，但手掌赤红，脖颈上有蛛网状血管瘤，那是肝硬化的病兆。人说行医不养生，你是没好好检查吧？”

鸭下被气得瞪大了眼睛。

德富咧开嘴笑道：“说起赤红，大小路先生的鼻子可真红呢，那是二尖瓣狭窄的症状。院长事务繁忙，是会折寿的。”

百目鬼也不愿落下，连忙说：“这么说起来，德富常爱眯缝眼睛，毫无疑问，那是青光眼的征兆，没多久你写字就会歪斜。院长需要经常批阅重要文件，你是难以胜任的。”

就在四人你一言我一语说着的当口，其他教授也聚集过来了。呼吸内科的牌胜良子是支持德富的，她看着百目鬼的指甲说：“哎呀，您的指甲鼓起，那是杵状指，当心肺气肿哦。听说百目鬼先生年轻时吸烟就很厉害了。”

紧接着，血液内科的茅野素子也看着鸭下的指甲说：“鸭下先生的指甲有点翘曲，那是人们常说的匙状甲，真担心您是不是有缺铁性贫血。”

属同一派系的神经内科的伊丹喜多郎也跟着攻击鸭下说：“鸭下先生走路的样子接近于前冲步态，那是帕金森病的征兆。您好像还有手颤的现象，那很有可能几年内就会发病。”

鸭下握紧的拳头在不住地颤抖。他巴望着自己派系的教授能为他出口气。这时，泌尿科的香澄清对大小路说：“大小路先生刚才去厕所时，我看您撒尿花了很长时间，那可是前列腺肥大的典型症状啊。您平时常说泌尿科污秽不堪，这不，报应来了！哈哈哈哈。”

大小路不由自主地夹紧双腿，懊恼地用手捂住了下腹。此时，大小路派系的心脏外科教授针野飞雄开了腔：“说起报应，德富先生，您平时爱说大话，说什么有了导管治疗，心脏外科就可以退出历史舞台了。我看您最近脚有点浮肿，还有气喘、心悸，很有可能是得了扩张性心肌病。得了这个病唯有心脏移植才有救。您还敢说心脏外科可以退出历史舞台这句话吗？呵呵。”

是不是一提醒就会有症状的感觉？德富忽然觉得呼吸不畅。他按着胸口，忍受着不适，将矛头指向了大小路。

“医生患上自己专攻的疾病是常有的事。我看大小路先生近来有些消瘦，会不会是消化道的什么地方生出了肿瘤？管辖的范围大，罹患肿瘤的范围也会跟着变大。鸭下君说膝盖疼，那有可能是得了骨肉瘤。患肿瘤的特点就是症状不明显，一旦感觉到了，往往为时已晚。”

“哎哟，说起为时已晚，让我想起德富先生镶满镜子的教授室。那可是毫无治愈希望的自恋性人格障碍症！”属百目鬼派系的精神科教授间户博士的女人腔分外刺耳。

德富被说得怒火中烧，愤而转身面向百目鬼，讥讽道：“我们科治疗的都是危及性命的重疾，而眼科应对的皆是无关性命的小病，你们的工作可真轻松啊。”

原以为百目鬼会因为受到轻视而恼怒，没想到他像想起了什么似的一转身走上了台，站在了麦克风前。

“各位，我已经受够了这种低级无聊的争论，以后我不会再参与进去。等一会儿我要给大家一个惊喜。现在请各位抬头看桅杆的顶端，那是特地为这次盛会准备的彩球。”

现场所有人都抬起了头。不知什么时候彩灯上已挂满了那种海滨浴场玩的水球。

“各位都睁大眼睛看清楚了，”百目鬼提醒道，“好，请！”在百目鬼的示意下，耳鼻喉科的耳成功市用力拉了一下绳子。

“砰！”一声东西破碎的巨响过后，原以为会有什么东西飞出来，却只有一些粗糙的纸带和彩色纸屑飘落下来。啊，不，还有雨雾般的物质洒落下来。

“别眨眼，请看仔细了！”百目鬼鼓动说。到底看什么呢，因为不清楚什么意图，有人开始发出疑惑的声音。

百目鬼佯装没听见，继续说道：“今晚，梦野先生特意给我们安排了这么一个联谊派对，可包括我在内，一些人却把它当成了进行无谓争斗的场合，这实在是件遗憾的事情。在对此进行反省的时候，我被一种类似灵感的东西击中，有股神秘的力量要我担起天大医院的重任。我现在就感觉到了那股力量正在注入我的全身。”说着，百目鬼缓缓摊开双手。奇怪的是，百目鬼身上穿的银灰色无尾晚礼服居然开始闪烁起耀眼的银光。

咦，怎么会发光？站在台上的百目鬼先生全身闪着光。

全场开始骚动起来。一旁的保利也对着亮光眯起眼睛仔细观瞧。

“这到底是怎么回事？”

“不知道。”

难道出现了什么灵异现象？

“各位，别害怕，”百目鬼神情严肃地说，“是我对天大医院所投注的热情化成了这样的光芒。把这个重任交给我吧！我一定能把天大医院办成全日本声誉卓著、首屈一指的医疗机构。”

基础医学的教授们向百目鬼投去了热切的目光，一些教授夫人也露出了崇拜的眼神。就在掌声响起的时候，会场后方有人高喊了一声：“是‘美多丽’！”

众人一齐回过头去。说话的是药剂部长服佐容太郎。

“刚才像雨雾一样洒落的东西是‘美多丽’。”

“‘美多丽’是什么？”飞鸟问梦野。

“那是一种用于眼底检查的散瞳滴眼液。瞳孔缩小时眼底无法看清，检查的时候就需要扩散瞳孔，这样就有更多的光线进入视网膜，从而看清一切。”

这也正是百目鬼的银灰色无尾晚礼服闪耀银光的原因？再仔细一看，哇，保利的深灰色无尾晚礼服也有点泛白。

那些教授显然知道“美多丽”的功效。“骗子！”“老江湖！”“卖狗皮膏药！”全场响起了接二连三的斥骂声。

“啊呀呀呀！”百目鬼哆嗦着嘴巴在台上四处乱窜。

就在这时，耳鼻喉科的耳成从包里拿出一个带扩音器的电器，一手拼命转动手摇转盘。面对着电器的教授们赶紧用手捂住耳朵。

“咦，我怎么听不见了？怎么回事？”

“哎呀，晕死了，头好疼啊！救命！”

有几个人抱着头蹲下了身子。站在飞鸟身后的技师部长远井道纪皱起眉头嘀咕道：“那是麻醉听觉神经的高频发生装置。”

正当飞鸟也捂住耳朵准备逃离的时候，皮肤科的羽田野毅将一只戴了橡胶手套的手伸进篮筐里，抓起粉末，像天女散花一样四处挥撒。

“哎呀，痒死了，痒死了！”

“得荨麻疹了！”

沾上粉末的教授和夫人们开始在身上到处乱抓。

“那是漆粉。”护理部长蓬莱玉代一边用扇子阻挡飘过来的粉末一边说。

趁着一片混乱，百目鬼欲走下台躲进一旁的休息室。

“等一下！你想逃走？没那么容易！”只见德富叉开双腿，手里拿着个带导线的电极垫堵在他面前。他的皮包里露出一台自动体外除颤器。

“谁想阻止我当上院长，我就让他心跳停止！”

自动体外除颤器可以让停跳的心脏恢复跳动，而用于正常的心脏上则反过来会引起心跳停止。

大小路也从自己的皮包里拿出手术自动缝合器，对着回过头来的德富晃了晃说：“谁让你当院长啦？再胡说八道，我把你的上下唇缝起来！还有什么人敢与我作对，我就把他的嘴巴、肛门统统堵住！”

对着口出狂言的大小路，鸭下说：“且慢！在这之前，我可以固定你的全身，让你动弹不得！”鸭下拿出的是快干型石膏，就是那种盘绕在网眼状的绷带上，一涂上凡士林就立即固化的石膏。

就在三个人围着百目鬼，令其不知所措的时候，间户飞步冲到百目鬼面前。

“你们别再找百目鬼先生的碴了，看这个！”说着，间户取出一块怀表在三个人面前快速晃动。那是他擅长的催眠疗法。

“德富先生，你笑的样子很像《爱丽丝漫游奇境记》里的柴郡猫，就让你做一回猫吧。鸭下先生，你是天都大学的疯狗，就做一回小狗吧。大小路先生长得像一头海驴，就做一回海驴吧，不过是一头喜好女色的海驴！”

受着间户的暗示，德富、鸭下分别发出了“喵喵”“汪汪”的叫声，大小路不知道海驴怎么叫，就用海狗“啊呜啊呜”的叫声替代，一边受到影响的百目鬼也跟着发出了“吱吱”的猴子叫声。四个人虽然被施以催眠术，接受了动物的暗示，但相互间仍不改威吓的姿态。耳成和羽田野冲上前，不管谁是谁一顿猛揍，打得四个人掩耳抱头，哭爹喊娘。

“各位安静！四位副院长也请冷静一下！”梦野叫道，可是没有人听他的。

就在飞鸟和保利担心怎么收拾眼前的乱局时，只见梦野不慌不忙从包里拿出一个带橡胶口罩的小型高压气体罐。

“没办法，只能指望这个让他们安静下来了。”梦野说着把橡皮口罩安在乱作一团的教授们的嘴上，然后旋开活栓，释放气体。吸入气体的教授无一例外地停止动作，转瞬又一齐发出“嘿嘿”的笑声。

“梦野先生，这是什么？”飞鸟问。

“麻醉用的笑气。”梦野得意地回答。

10

游船上的男侍者飞快地搬来椅子，让东倒西歪的四位副院长坐在台前。梦野先是给各位教授“解除武装”，然后从羽田野的包里拿出类固醇软膏，让皮肤过敏的人搽一下止痒。

全场安静下来后，梦野再次走上台，拿起麦克风。

“各位，我原本想凝聚天大医院的人心才举办今天这样一个活动，现在看来，这个期待是落空了。”

心情沉重的梦野说话声有些颤抖，而坐在最前面的四位副院长却丝毫没有内疚、抱歉的样子，只是“嘿嘿”地笑着。

“四位副院长哪怕表现出一丝一毫谦让的姿态，我仍会抱有希望，可现在连这一点点的可能性也没有了。虽然十分遗憾，我还是不得不在这里公开告诉大家几个事实，以此证明，这四位副院长作为院长候选人是不合适的。”

全场一下子骚动起来，飞鸟则竖起耳朵凝神细听。

“首先是德富先生。先生学术论文多次造假、剽窃、窜改数据，这事以前早有传闻，现在已得到证实；若公之于众，别说院长，连教授头衔都得免去。还有，你同制药公司串通一气，将没有疗效的药品吹得天花乱坠，完事后从中收取好处费，此事也已得到证实。其次是大小路先生。你前些日子因骚扰医局秘书遭到投诉，其实丑事不止这一桩。已有受害人证言，你把年仅17岁的护校学生带到教授室，强迫与之发生关系。怪异的是，你行恶时还爱用手指，真是个变态狂！接着是鸭下先生。你粗暴对待医局员，有暴力倾向。新来的医局员被你打了耳光后，精神大受刺激，从此躲在家里不再出门，至今无法回归社会。你喝醉酒后与行人斗殴，打断了对方的鼻梁骨，不得不支付赔偿金，此事已得到证实。最后是百目鬼先生。先生热衷于理财到了走火入魔的地步，有利用内部知情者大量购买原始股的嫌疑。此事若被告发，显然已属犯罪行为。此外你还有过度治疗、公款旅游、做假账的嫌疑，这类事若捅给媒体，必是大丑闻。”

四位副院长的面部表情怪异，一方面因笑气的作用无法停下“嘿嘿”的笑声，另一方面又极力想反驳而无果。

“胡说八道，呵呵呵。”“没有的事，哈哈哈。”“破坏名誉，嘿嘿嘿。”“不白之冤，嘀嘀嘀。”因是带着笑意这么说，让人辨不出真假。梦野一脸从容地说：“这些事实不是我查出来的，而是放射科的连藤先生调查获得的结果。各位副院长不是从不把放射科放眼里，戏称为‘搞检查’的吗？从不为患者治病这层意思上来说，麻醉科医生也是一样，所以放射科和麻醉科关系很好。这次，连藤先生为四位副院长做了一次‘全身检查’。到底是放射科的教授，他把各位都通体透视了一遍。”

站在台上的梦野朝连藤伸出右手，全场响起稀稀落落的掌声。

“现在，各位副院长因为被爆出这一大堆丑闻，当然也就失去了竞选新一届院长的资格。”梦野说着走下台，来到四位副院长面前。

“怎么样？”梦野将麦克风对准德富，然后挠了一下他的侧腹。

“呵呵呵，我明白，不做候选人了。”

接下来，梦野又用同样的方式将麦克风分别对准大小路、鸭下和百目鬼。

“哈哈哈，不当候选人了。”“嘿嘿嘿，放弃竞选了。”“嘀嘀嘀，我也是。”

梦野返回台上说：“各位都听见了吧？四位副院长都已表态放弃候选人资格，你们大家就是证人。万一哪位反悔了，那么，刚才说到的那些丑闻就会被公之于众。这一点务必请各位副院长想清楚。”

台下的四位副院长有的垂头丧气，有的因悔恨而咬牙切齿，但口中仍止不住发出“嘿嘿”的笑声。

这就是梦野说的绝招儿？可是，四位副院长都放弃候选人资格的话，那谁来当下一任院长呢？

就在飞鸟百思不得其解的时候，游船已静静靠上了五彩城栈桥。

11

海上派对过了一个星期后，飞鸟又找了一次梦野。

“哎呀，这些日子给你添了不少麻烦，还让你见到了我们医院令人羞耻的一面，真是抱歉！这些素材对你的写作有帮助吗？”

“嗯，帮助很大。”飞鸟回答。

梦野往上翻着眼珠，低声下气地说：“虽然我没有道理提出这样的请求，但我还是想说一下，就是希望你不要把那天我在游船聚会上揭露的四位副院长的丑闻写进书里去。要是让外界知道大名鼎鼎的天大医院副院长尽是些鸡鸣狗盗之辈，真不知会引起多大的轰动。”

从梦野的立场来说，提出这样的请求也是情理之中。

“我明白。不过我还有个问题要请教一下。”

“问吧。”

“四位副院长失去了候选人资格后，下一任院长由谁来当呢？”

梦野看了一眼坐在沙发上的飞鸟，干咳一声，说道："唔，这确实是个难题。其他教授好像也不太愿意做替补。因为一旦参与竞选，个人的方方面面就会受到调查，过去的经历也会公之于众。"

难道那些教授都有见不得人的亏心事？

"如果谁都不愿意接任的话，那怎么办呢？"

"实在没有办法的话，只好由我来干了。"

"梦野先生您？可先生已经是医学部长了呀。"

"所以，只能兼任了。"

医学部长兼任院长的话，就等于把医学部全掌握在自己手里了。

"您本来就够忙的了，身体吃得消吗？"

"唉，到时总归有办法！"

梦野重重地叹了一口气，但他脸上却有一丝难以掩饰的喜色。

飞鸟又问了一件她放心不下的事情。

"宇津津先生的事后来怎么样了，好像已惊动了警方。"

"那件事并不属于刑事案件。依我之见，宇津津先生是死于'恩宠死'。"

"恩宠死？"听着这个陌生的词，飞鸟歪起了脑袋。

"我先前已经说过，宇津津先生对人临终前的痛苦极度恐惧。"梦野不慌不忙地解释道，"作为急救部的教授，他不知见过多少临终前遭受痛苦折磨的患者，也许正是这样的体验让他有了这个心结。慢慢地他被宗教性的思想迷住了。本来，这里面就有超现实的东西。于是，宇津津先生在自己的内心创造了一个能让他免受死亡痛苦的神明，每天晚上祈祷。在出事前不久，他对我说，他的愿望快要实现了。也就是说，宇津津先生是受到某一神明的恩宠，毫无痛苦地离世的。61岁去世是早了点，却也实现了他本人的夙愿。所以说，他既不是病死，也不是意外死亡、受人暗害，而是以一种非常奇怪的方式死去的。”

果真有这种事？听起来实在是荒唐无稽，可梦野对此好像深信不疑。

“死因应该是心律失常吧？他当时没有接受治疗吗？”

“因为宇津津先生曾说过，如果接受治疗，就会增加死亡时的痛苦。”

这次，飞鸟还是带着不能理解的心情离开了医学部长室。

过了一段时间，天大医院院长候选人自荐的截止日期到了，唯一的候选人梦野未经投票便成了当然的胜出者。

飞鸟和保利一起被邀请参加院长就任仪式。

“这真是个意想不到的结果。四位副院长好像还是留任了，但等于被梦野掐住了脖子。天大医院最后滑向了独断专行的家长制。”

“不知怎么回事，我总觉得心脏跳得厉害。”坐在天大医院大讲堂的招待席上，飞鸟心神不宁地说。

该到了就任仪式的开始时间了，可梦野并没有出现在台上。又过了一会儿，舞台一侧好像有慌慌张张的人影闪现。接着，会场也开始变得嘈杂起来，渐渐被紧张的气氛所笼罩。

手铐……警察……怎么会这样……

飞鸟站起身从窗口往下望去。只见路边停着几辆车顶上转着红色警灯的汽车，梦野在几个身穿西服套装的男人的簇拥下正垂着头坐进车里。他的两只手虽然有毛巾遮盖，但还是能看见绑着细腰带。

事务部长下边保走上了台。他脸色苍白，用颤抖的声音向大家宣布："刚才，梦野先生被警视厅的人带走了。"

12

警方拘捕梦野，是因为他有杀害宇津津院长的嫌疑。关键线索来自利佐子的供词。

有传闻利佐子同小坂井关系暧昧，而实际上，她的相好是梦野。宇津津院长被繁忙的医院事务弄得疲惫不堪，夫妻关系日渐疏远。此时，利佐子找医学部长梦野诉苦，两人就此建立了不正当的男女关系。梦野用麻醉药让利佐子体验欲仙欲死的感觉，用能够带来独特陶醉感的性体验俘获了她的心。

也就在这段时间里，宇津津在行使院长权力检查医学部财务状况时，发现梦野有挪用公款的不法行为。有着强烈正义感的宇津津劝告梦野引咎辞去医学部长职务。梦野表面上做出顺从的样子，实际上却在拖延时间，忽悠宇津津。

与此同时，梦野以公开两人不正当关系相要挟，唆使利佐子将超量的宇津津日常服用的安眠药混入他的晚餐中。待宇津津进入书房入睡后，梦野潜入宇津津的家，给熟睡中的宇津津注射了肌肉松弛剂。他用27号的极细针在脚脖子的内侧静脉注射，所以，瞒过了检查遗体的德富等人的眼睛。此外，他还预先在德富耳旁吹风，造成其宇津津是死于心律失常的印象。

梦野从决意除去宇津津的时候起，就有了自己兼任院长，全权把持医学部的野心。他要把平时看不起麻醉科的其他科的教授都置于自己的掌控之下。当院长选举候选人的公示日期越来越近的时候，他用公款收买高级妓女、社会上的小混混、被裁员的证券公司职员、因论文造假而失去工作的女研究员，设局陷害四位副院长，结果玩的伎俩被一一识破，阴谋没有得逞。

后来，在得知放射科的连藤手里掌握有四位副院长的丑闻后，梦野便心生一计，策划了一场海上派对活动。连藤调查副院长们的丑事，是为了报复那些平时常将放射科称为“搞检查”的大牌教授。

梦野事先早已料到，派对活动必定会陷于一片混乱。他的如意算盘是，最后曝光四位副院长的丑闻，迫使他们放弃院长选举候选人的资格；同时大造舆论，说是若要成为候选人，个人的信息都会遭人查询，成为非虚构作品的创作素材，使得其他有竞选意愿的教授知难而退。

直到不经投票当选院长为止，这戏都是按着梦野炮制的剧本在上演，而利佐子的变化让这场好戏最后演砸了。

海上派对把四位副院长搞臭之后，梦野整天忙于出任院长的准备工作，无暇顾及利佐子。而利佐子一方面已被视为杀害丈夫的嫌疑人，另一方面内心又充满了被人始乱终弃的失落感，精神几近崩溃。在警视厅的严厉追问下，她终于熬不住把什么都说了。

但飞鸟还有一件事一直无法释怀。那就是为什么她在采访的时候，每当提到宇津津的名字，四位副院长都表现出惊慌失措的样子，竭力撇清彼此的关系。对此，鸭下在另外的场合解开了她的疑团。

“是这样，宇津津院长去世后，包括我在内，几个副院长都为这突如其来的变化长舒了一口气。为什么呢，因为宇津津院长曾经透露过他想再任一届院长的意愿。他担任院长后，威信很高，大家都服他，所以连任的可能性很大。这样一来，我们就得再等上四年。现在他突然死去，机会一下子来了，我们几个副院长都想着早点把这件事做个了结。没想到后来却传出让人棘手的奇谈怪论，可我们谁都不想再拖下去了。于是，德富先生对死因做出了貌似正确的结论，不经尸体解剖就将死因公之于众。唉，所以如果有人指责说，你们这是合谋犯罪，我也是无话可说。”

看来，鸭下在这件事上还是心怀愧疚的。

保利带着慰劳的口吻高兴地对飞鸟说：“真没想到，你这次采访获得了这么好的素材，必定能写出一部畅销的非虚构作品来。”

可飞鸟听了一点也提不起劲来。

“老实说，照这些素材写，我还真的没有信心完成它。”

“为什么？”

“感觉太荒唐无稽了。”

“也是。”保利苦笑着点点头。

“过去，在我的印象中，大学医院的医生都是很厉害的高手，”飞鸟叹了口气，低声说道，“我现在才知道，他们是一群不懂得社会生活的人，找他们看病简直是一件令人恐惧的事。现在的医师圈同50年前的小说《白色巨塔》中描绘的毫无二致。”

“不，随着时代发展，思想更自由、物质更丰富后，出场人物更为幼稚了，他们的所作所为也更让人叹为观止；而从外界的眼光来看，却也变得更为有趣了。”

“他们是一群被托付性命的人，难道真的可以让患者放心吗？”飞鸟有气无力地说。现在，她觉得对什么事都提不起兴趣，内心空虚得很。

保利用安慰的口吻说：“天大医院可能比较特别，其他医院应该会有很多认真的医生。患者对医生有理想化的要求，可从医生的角度来说，繁忙的治疗工作和巨大的精神压力，也许一切就不是那么理想的状态了。”

指望医生人格完美、医术精湛，是否就如同要求核电站绝对不发生故障、政治家从不说谎、这个世界绝对没有战争一样？

保利对垂头丧气的飞鸟说：“这个题材还是值得认真写一下的，因为可以让世间一窥日本医学界的真实面貌。”

“可怎么写呢？”

“照实写就行。可以用第三人称，你和我都是出场人物。书名也可以定下了。”

“叫什么？”

“《院长选举》。”